청년,

천 개의
고원을

만나다

청년, 천 개의 고원을 만나다

발행일 초판1쇄 2020년 11월 17일(庚子年 丁亥月 甲子日) | **지은이** 고영주
펴낸곳 북드라망 | **펴낸이** 김현경 | **주소** 서울시 종로구 사직로8길 24 1221호(내수동, 경희궁의아침 2단지) |
전화 02-739-9918 | **팩스** 070-4850-8883 | **이메일** bookdramang@gmail.com

ISBN 979-11-90351-39-3 03800 | 이 도서의 국립중앙도서관 출판예정도서목록(CIP)은 서지정보유통
지원시스템 홈페이지(http://seoji.nl.go.kr)와 국가자료종합목록 구축시스템(http://kolis-net.nl.go.kr)에서
이용하실 수 있습니다.(CIP제어번호: CIP2020047501) | **Copyright © 고영주** 저작권자와의 협의에 따
라 인지는 생략했습니다. 이 책은 저작권자와 북드라망의 독점계약에 의해 출간되었으므로 무단전재와 무
단복제를 금합니다. 잘못 만들어진 책은 서점에서 바꿔 드립니다.

책으로 여는 지혜의 인드라망, 북드라망 **www.bookdramang.com**

청년,

고영주 지음

들뢰즈-가타리와 만난
대중지성 청년의 철학-생활 에세이

천 개의
고원을

만나다

티
BookDramang
북드라망

머리말

현재 나는 코로나의 시대를 살아가고 있다. 작년(2019년) 중국 우한에서 발생한 코로나19 바이러스로 인해 대한민국뿐만 아니라 전 세계가 몸살을 앓고 있다. 휴대폰에서는 수도 없이 재난 문자가 울리고, '마스크'는 신체의 일부처럼 느껴질 정도로 이젠 마스크 없이 외출하거나 타인을 마주하는 것이 어색하다. 시국이 이렇다 보니 마스크를 쓰지 않아도 되었던 시절, 코로나19 이전의 일상이 아득하기만 하고 그리워진다.

한 치 앞도 예측할 수 없는 것이 세상사라지만, 솔직히 바이러스 하나로 인해 우리의 일상이 이렇게 바뀌게 될 줄은 상상도 못 했다. 이것이 가면 저것이 오고, 알 수 없는 마주침과 헤어짐이 반복되는 게 세상사의 이치인 듯하다. 이러한 변화의 이치가 나를 통해 스스로를 증명이라도 하듯 나에게도 이전에는 상상조차 하지 못했던 마주침이 있었고, 이로 인해 전혀 상관없을 것만 같았던 일들이 바야흐로 내 삶을 관통해 가고 있다.

2012년에 감이당과 공부의 인연을 맺게 되었다. 여러 세미나와 강의를 들었고, 최근 2년은 '감이당 일요일 대중지성' 프로그램에서 여러 도반들과 함께 '읽기'와 '쓰기'를 배웠다. 뜬금없이 내 인생에 공부라니! 솔직히 말해, 나는 공부와 영 거리가 멀었다. 학창 시절, 학교 공부와 담을 쌓은 것은 물론이고, 책은 읽기는커녕 아예 쳐다보지도 않았다. 대학도 가지 않았고, 남들보다 일찍 사회에 뛰어들어 경제활동을 시작한 것이 자랑이라면 자랑이었다. 그러던 내가 어려운 고전을 읽고, 글을 쓰다니! 책의 '머리말'을 고민하는 이 순간 '사람 팔자(八字) 알 수 없다'라는 말이 실감이 난다.

'머리말'이라니…. 사실 그동안 다른 책의 머리말을 읽기만 했지, 내가 쓰게 되리라고는 생각해 본 적이 없었다. 솔직히 '나에게 이런 일이 일어나도 되는 건가?' 싶을 정도로 삶의 예상치 않은 전개에 당황스럽기만 하다. 재작년, 그러니까 2018년 4학기 마지막 대중지성 에세이를 마쳤을 때, 고미숙 선생님께서는 나에게 "내년에는 『천 개의 고원』으로 글을 써! 책을 낼 거니까"라고 말씀하셨다. 그 순간 나는 진짜(!), 번개를 맞은 것처럼 온몸이 찌릿했다. 분명 대중지성에서 많은 사람들이 『천 개의 고원』을 읽고 썼는데, 하필이면 내가 그 번개에 맞을 게 뭐란 말인가. 게다가 갑자기 책이라니!? 하긴 번개에 맞는 사람이 알고 맞을까마는 원인이나 이유를 찾을 여유도 없이 지난 1년간 『천 개의 고원』과 동고동락하며 글을 썼다.

『천 개의 고원』은 리좀, 지질학, 기관 없는 몸체, 전쟁기계 등, 알 수 없는 암호들이 배치된 책이다. 이 난해한 암호들을 어떻게 풀 것이며 어떤 식으로 내 삶과 연결해 글을 써야 하나 망연자실하고 있을 때, 규문에서 채운 선생님의 '들뢰즈와 가타리' 철학 강의가 열렸다. 거기다 감이당에서는 2018년에 진행했던 '천개찬'(『천 개의 고원』 찬찬히 읽기) 세미나가 열렸다. 이럴 수가! 마치 천지의 알 수 없는 누군가가 나에게 "넌 그냥 읽고 써! 공부의 장은 우리가 만들어 줄 테니!"라면서 강의와 세미나를 기가 막힌 타이밍에 준비해 준 것 같았다. 수차례의 우여곡절 끝에 마침내 감이당의 글쓰기 공간인 MVQ(무빙비전탐구[mvq.co.kr])에 처음으로 내 글이 연재되었을 때는 신기하기도 했고 설레기도 했으며, 한편으로는 끝까지 원고 쓰기를 완주해야 한다는 생각에 두렵기도 했다. 독일의 철학자 니체는 "사람은 자기 체험만큼 읽을 수 있다"라고 말했다. 더도 말고 덜도 말고 딱! 내 욕망의 배치와 내가 체험한 삶의 사건들을 『천 개의 고원』과 연결하여 진솔하고 담백하게 쓰려고 했다. 그리고 그 결과 『청년, 천 개의 고원을 만나다』가 탄생했다.

이 책이 나오기까지 정말 많은 인연들이 나를 관통해 갔다. 묵묵히 뒤에서 지켜봐 주신 아버지, 언제나 내 옆에서 응원을 아끼지 않았던 여자친구 혜림이, 매주 '철학하는 월요일'에 들뢰즈 강의를 열어 주신 채운 선생님과 규문 식구들, 지난 2년간 '천개찬' 세미나를 열어 주신 김지숙 선생님께 진심으로 감사드린다. 그리고 책 내기를 두려워하던 나에게 진심 어린 조언과 용기를 주신 북드라망 김현경 대표님과 교정을 맡아 주신 박순기 실장님에게도 감사드린다. 이 밖에도 감이당, 남산강학원, 명진빌라 303호 등, 이 책의 집필실이 되어 주었던 공간, 그리고 그곳에서 마주치며 내 글을 응원해 주신 여러 선생님들께 감사드린다. 이런 소중한 인연들이 아니었다면 책을 낸다는 것은 감히 엄두도 내지 못했을 것이다.

'자신을 구하는 것은 오직 자신뿐!', 이것이 자신의 '존재'를 가장 사랑하는 방법이고, 그것이 곧 '글쓰기'임을 『천 개의 고원』을 통해 알게 되었다. 이 깨달음이 언제나 내 삶 속에서 지속되길 바란다.

2020년 10월 9일
남산 아래 깨봉빌딩에서
고영주 씀

P. S. "당신에게 드릴 테니 부디 기쁘게만 살아라". 『천 개의 고원』 한국어판 옮긴이가 '옮긴이의 말'에서 독자들에게 당부하는 말이다. 이 문장은 언제 읽어도 나를 설레게 한다. 처음 책을 받아 들었을 때 내 몸은 무거웠고, 아팠다. 그런데 지금은 많이 가벼워졌고, 건강해졌다. 단지 책을 '읽고 쓰는' 실천이 '신체' 그 자체를 바꿀 수 있다는 것이

새삼 놀랍기만 하다. 그래서 책의 지은이들과 옮긴이에게 이렇게 말

하고 싶다. "『천 개의 고원』으로 글을 쓰는 동안 너무나 기뻤다!"고.

목차

프롤로그:

존재는 결코 '하나'로

규정되지 않는다

'자본'의 맛

/

나는 30대 초반 정규직이다. 20대 초반부터 회사생활을 했으니, 꼬박 10년을 한 셈이다. 스물한 살, 학교를 졸업하고 사회에 첫 발을 디딘 곳은 생산직 공장이었다. 낡고 좁은 콘크리트 건물 안으로 들어가니 'SPOOL'(반도체용 금실을 감는 실타래)을 생산하는 기계가 시끄럽게 돌아가고 있었다. 태어나서 처음으로 맡아 본 절삭유(기름) 냄새가 코를 찔렀고, 그것들이 내 손에 묻을 때마다 마음 한구석에선 알 수 없는 감정들이 솟구쳤다.

기계 계기판에 비친 내 모습은 영락없는 '노동자'였다. 멋진 정장에 캐주얼한 구두를 신고 출근하는 회사원의 모습을 상상했지만, 현실은 칙칙한 작업복과 안전화였다. 그런 내 모습을 볼 때마다 평범한 옷을 입고 대학 캠퍼스 생활을 누리고 다니는 친구들이 부러웠다.

옷과 기름 냄새보다 더 견디기 힘들었던 것은 근무조건이었다. 생산직이니만큼 물량 공급이 중요했기 때문에 주야 2교

프롤로그: 존재는 결코 '하나'로 규정되지 않는다

대로 기계를 쉬지 않고 가동해야 했다. 밤낮으로 하루 12시간 씩 일을 해야 하는 근무환경 때문에 몸도 마음도 한없이 지쳐만 갔다.

어느새 한 달이 지나갔고 124만 원이 내 통장에 입금되었다. 내 인생 첫 월급이었다. 아버지에게 매주 5만 원씩 용돈을 타던 시절에 비하면 엄청난 금액이었다. 고생해서 번 돈이니만큼 스스로도 뿌듯했다.

이 돈으로 무얼 하면 좋을까. 우선 가족들에게 용돈과 선물을 드렸고, 가난한 대학생활을 하는 친구들에게 밥이며 술이며 아낌없이 사주었다. 시간이 지날수록 오히려 친구들이 나를 부러워했고, 가족들을 포함한 주변 사람들은 나의 조기 사회생활에 칭찬을 아끼지 않았다. '이것이 돈의 힘이구나!' '돈을 더 많이 벌어야겠다!' 이때부터 나는 돈을 대하는 태도가 180도 바뀌었다. 사실 이전에는 돈을 단지 생계유지 수단 정도로만 생각했다. 그런데 돈을 벌고 쓰는 것에 따라 남들이 나를 부러운 눈빛으로 바라보고 인정해 주는 것이 아닌가. 어떻게든 돈을 더 많이 벌기 위해 2주의 야간근무를 3주로 늘려 근무시간을 연장했다. 돈을 위해서 나는 내 노동력을 여지없이 팔아 버렸다.

취직하고 돈을 벌고 승진을 목표로 노력하는 것은 자본주의라는 '배치' 안에서 살아가는 나에게 당연한 코스라고 생각했다. 그것을 통해서만 '나'라는 '주체'가 친구들과 가족들에게 인정받을 수 있었고, 지금보다 더 나은 미래를 상상할 수 있기 때문이다. 이 코스를 기반으로 비싸고 넓은 아파트도 사고, 그 안에서 펼쳐질 스위트 홈을 꿈꾸며 20대 중반까지 자본주의가 만들어 놓은 매뉴얼을 잘 실행하고 있었다.

'고원'이란 무엇일까

/

감이당과 공부의 인연을 맺게 된 것은 2012년 겨울이었다. '공부와 밥벌이'. 감이당과 접속했을 때 가장 나를 어리둥절하게 만든 말이다. "사업도 아닌, 투자도 아닌 공부가 어떻게 생계 수단이 될 수 있다는 거지?" 내 논리로는 전혀 돈이 불어날 것(?) 같지가 않아 보였다. 풀리지도 않고 풀고 싶지도 않은 감이당의 공부의 비밀은 마음 한구석에 묻은 채, 시간이 되는 세미나에 참여하고 강의를 들었다.

그러던 중 2018년 '감이당 일요일 대중지성' 프로그램에서 읽게 된 『천 개의 고원』(*Mille Plateaux*)은 나를 자본의 배치로부터 벗어나 공부로 밥벌이를 할 수 있다는 지점에 이르게 했다. 『천 개의 고원』은 프랑스 철학자 질 들뢰즈(Gilles Deleuze)와 펠릭스 가타리(Félix Guattari)가 함께 쓴 책이다. 『안티-오이디푸스』(*L'Anti-Œdipe*)의 속편으로 지은이들은 무의식과 욕망의 관점에서 사회 배치와 다양체의 개념으로 나아간다.

처음 이 책을 받아 들었을 때 엄청난 두께에 압도되어 선뜻 책장을 넘길 수 없었다. '나 혼자서 이렇게나 두껍고 어려운 철학책을 읽을 수 있을까…' 우려와 걱정이 교차하고 있던 찰나, 운 좋게도(!) '천개찬'(『천 개의 고원』 찬찬히 읽기) 세미나가 열리게 되었고, 함께 읽어 나갈 동료들이 생겼다.

장장 1년간의 긴 세미나의 여정이 시작되었고, 서론인 「리좀」을 시작으로 한 문장 한 문장 천천히 동료들과 함께 읽어 나갔다. 그러나 '흰 것은 종이요, 까만 것은 글씨'인, 알 수 없고 난해한 문장들이 우리를 어지럽게 했다. 심지어 책을 읽다 화가 나서 뛰쳐나간 사람도 있었다. 사실 우리가 이러한 증상(?)에 시달린 것은 당연했다. "알아보지 못하게 하려고 우리는 교묘한 가명들을 분배해 놓았다."질 들뢰즈·펠릭스 가타리, 「리좀」,『천 개의 고원』 김재인 옮김, 새물결, 2001, 11쪽.* 우리는 이 책의 지은이들이 만들어 놓은 덫(?)에 보기 좋게 걸려든 것이다.

이 책은 장(章)이 아니라 '고원'으로 이루어져 있다. 고원이란 높고 낮음이 없는 평면 상태를 말한다. 넓게 펼쳐진 평야처럼, 파도가 치지 않는 바다처럼 끝이 보이지 않고 잔잔하게 흘러가는 흐름의 양태가 바로 '고원'인 것이다. 지은이들이 바라본 당시 유럽 사회는 언제나 '하나', '초월적 신', '가장 높은 진리'만을 향해 가고 있었다. 지은이들에게는 돌출된 정점만을 찍고 가는 쾌락과 폭력, 통일성, 목적성 등이 유럽의 크나큰 질

* 이하 이 책에서 『천 개의 고원』을 인용할 경우, 인용 문장 뒤에 편명과 서명, 쪽수만을 간략히 표기했다.

펠릭스 가타리(Félix Guattari, 1930~1992; 사진 왼쪽)와 **질 들뢰즈**(Gilles Deleuze, 1925~1995; 오른쪽)

"1969년 들뢰즈는 뱅센의 숲에서 새롭게 열린 파리 제8대학 철학과의 교수가 되어 1987년에 퇴임하기까지 이 대학에서 계속 강의를 한다. 이 무렵 펠릭스 가타리와 서로 알고 의기투합하여 공저를 꾀한다. (중략) 무엇인가 세계 그 자체라는 것이 책 속에 침입해 올 필요가 있었다. 1968년 운동의 충격은 시차를 거쳐서 이미 충분히 혁신적이었던 들뢰즈의 사상을 다시금 뒤흔들게 하였다. 그리고 펠릭스 가타리라는 인물이야말로 들뢰즈의 그러한 변화의 촉매가 된다."(우노 구니이치, 『들뢰즈, 유동의 철학』, 이정우·김동선 옮김, 그린비, 2011, 134쪽)

질 들뢰즈는 펠릭스 가타리와의 만남을 이렇게 표현했다. "펠릭스는 바로 번개이고 나는 피뢰침, 나는 번개를 대지(大地)에 던져 넣는다."

프롤로그 : 존재는 결코 '하나'로 규정되지 않는다

병으로 다가왔던 것이다.

들뢰즈와 가타리는 '고원'을 통해 단 '하나', '초월적 가치'들을 부정한다. 가장 높은 곳이라는 클라이맥스가 없는 지점, 오로지 '과정'과 '지속'의 형태를 가지고 옴으로써 수직적인 초월성에 맞서 어떠한 위계도, 규정도, 지침도 없는 수평적인 상태를 만들어 낸다. 그러므로 고원이 궁극적으로 지향하는 것은 수직적 '쾌감'이 아닌 수평적 '쾌활함'이다.

『천 개의 고원』의 첫 장을 넘길 때가 생각난다. 당시 나는 심한 기침과 고열로 병원에 누워 있었다. 식욕도, 의욕도, 아무런 감정도 없이 팔에 꽂힌 주삿바늘 하나에 의지한 채 멍하니 천장만 바라만 보고 있었다. 문득 가방에서 책을 꺼내 들었고, 책 첫 장을 펴고 서문을 읽어 가던 순간 옮긴이의 마지막 말에 갑자기 심장이 뜨거워지고 눈시울이 붉어졌다. "당신에게 드릴 테니 부디 기쁘게만 살아라."

자본주의에서 돈은 나에게 '절대적인 신'과 같은 존재였다. 언제부턴가 돈을 벌겠다는 내 욕망은 정점만을 향해 달려가고 있었다. '남들보다 더 많이! 더 열심히!', '더 더 더!' 자본이 만들어 놓은 배치 속에서 '나'라는 존재는 언제나 '돈만 쫓는 자'로 규정될 뿐이었다. 이러한 배치 속에서 내 신체가 망가지고 부서지는 것도 알아채지 못한 채 말이다. 나는 책을 덮고 다시 천장을 바라보며 "아… 나는 지금 기쁘게 살고 있는 것일까"라고 중얼거렸다.

'글쓰기'로 도주하기

/

기쁘게 산다는 것은 무엇일까. 그것은 내가 내 삶을 긍정하는 것이다. 그동안 내 삶 속에서 펼쳐졌던 모든 것들, 성공도 실패도, 사랑도 이별도, 언제나 자본이 만들어 놓은 조건에 내 신체와 감정을 맞추는 것일 뿐이었다. '나'라는 존재는 이 조건하에 언제나 수동적이고 맹목적인 삶의 패턴만을 그렸을 뿐, 내가 내 자신을 사랑하고 긍정하는 순간은 단 한 번도 없었다.

감이당에서 책을 읽고 글을 쓰면서 지금까지 '돈'이 내 삶을 윤택하게 만들어 줄 것이라는 믿음은 전부 '자본의 명령!'에 의해 만들어진 환상이라는 것을 깨달았다. 특히,『천 개의 고원』을 가지고 글을 쓰면서 그동안 내 무의식 속에 어떤 자본의 환상이 있었는지, 어떻게 깨졌는지, 깨진 그 자리에 삶의 어떤 기쁨이 재건되었는지 글쓰기로 하나하나 질문하고 답할 수 있었다.

글을 쓴다는 것은 자기 존재를 사랑할 수 있는 능동적이고 윤리적인 실천이다. 이 실천 속에서 여러 스승을 만났고, 벗을 사귀게 되었다. 무엇보다 공부로 밥벌이를 할 수 있다는 자신감이 생겼다. 감이당과의 접속,『천 개의 고원』과의 만남은 이전에는 상상도 할 수 없었던 경험을 안겨 주었다.

옮긴이는 말한다. "중요한 것은 우리가 사랑하지 않을 수 없다는 것, 죽음의 바다는 사방에 펼쳐 있고 우리는 얼마라도 더 살려 애쓰지 않을 수 없다는 것, 그래서 실존을 긍정하지 않을 수 없다는 것이다. 사랑도 노력도 긍정도 모두 실천이다."「역자 서문」『천 개의 고원』 ix쪽. 내가 내 삶을 긍정할 수 있는 힘. 내가 내 자신을 사랑하는 것. 이것보다 더 경이로운 일이 또 있을까. 이 모든 능동적 실천의 중심이 지금 나에게는 '글쓰기'다.

들뢰즈와 가타리는 『천 개의 고원』에서 지속적인 실천의 집합을 '도주선'이라고 한다. 도주선은 언제나 긍정적이며, 여기에는 항상 기쁨이 존재한다. 하지만 도주선은 그냥 그려지지 않는다. 신중해야 하고 끊임없이 실험해야 한다. "새로운 무기를 발명하는 것은 바로 도주선 위에서이다."「세 개의 단편소설」『천 개의 고원』 390쪽. 『천 개의 고원』은 지금 나를 이루고 있는 자본의 배치에서 달아날 수 있는 도주의 가능성을 열어 주었다.

고원 안에는 다양한 출구들이 존재한다. 각각의 고원은 독립적이면서도 충분히 서로를 연결접속하고 있다. 그동안 내 삶에서 일어났던 여러 가지 사건과 고원의 개념을 글로써 결합했고, 한 고원 한 고원을 기쁘게 넘어왔다. 한 편의 글을 마무리하는 것은(마무리는 끝이 아니다) 또 다른 글을 써야 하는 '실천'이다. 글을 마무리하는 이 순간에도 나는 글쓰기로 도주 중이다! 무엇으로부터? 자본으로부터! 이 실천이 언제나 내 삶의 기쁨이 될 수 있기를!

그것은 하나의 수련(修練)이며, 하나의 불가피한 실험이다.

그것은 당신이 그 실험을 도모하는 순간 이미 만들어져 있지만, 당신이 도모하지 않는 한 그것은 만들어지지 않는다. 그것은 확실치 않다. 당신은 실패할 수도 있으니까. (…) 그것은 결코 관념, 개념이 아니며 차라리 실천, 실천들의 집합이다.

「기관 없는 몸체는 어떻게 만들어지는가?」, 『천 개의 고원』, 287쪽.

프롤로그 : 존재는 결코 '하나'로 규정되지 않는다

'리좀'과 '글쓰기'

평균수명이 약 90세라고 가정했을 때, 나는 이제 겨우 삼분의 일을 살았다. 초, 중, 고등학교까지는 무사히(?) 졸업했지만 학교 공부가 영 적성에 맞지 않았던 터라 대학은 가지 못했다. 그렇다고 마냥 시간을 허비할 수 없어 인천 인력개발원이라는 곳에서 취업에 도움이 될 만한 기술을 배웠다. 1년 6개월간 배운 기술과 자격증을 바탕으로 군복무(방위산업체)까지 해결한 후 20대 초반을 마무리했다. 20대 중반부터는 본격적으로 취업전선에 뛰어들었다. 여러 직장을 옮겨 다니며 경력을 쌓았고, 현 직장에서 일한 지는 어느덧 7년째다.

내가 다니고 있는 회사는 소위 말해 '꿈의 직장'이다. 8시 30분에 출근하여 5시 30분이면 칼같이 퇴근을 한다. 상사와의 불화도 없고, 연봉도 꽤나 만족스러운 편이다. 중소기업치고는 꽤 규칙적이고 안정적인 편이어서 친구들이 공무원이냐고 할 정도다. 그래서일까. 가끔은 업무가 지루하다 못해 주기적인 권태로움이 찾아온다. 회사뿐만이 아니다. 나는 종종 일상에서도 이러한 권태로움을 느낀다. 아침에 일어나 일하고, 먹고, 놀고,

자고. 매일 똑같은 패턴을 반복하며 살아가는 내가 마치 기계처럼 '작동'하고 있다는 느낌이 들 정도로! 내 삶, 이대로 괜찮은 걸까.

n-1, 더하지 말고 빼라!

/

『천 개의 고원』의 지은이인 질 들뢰즈와 펠릭스 가타리는 재미있게도 모든 것에 '기계'를 붙인다. 휴대폰, 자동차, 컴퓨터, 로봇 등, 하나의 구조 안에서 동일한 방식으로 작동하고, 같은 모양의 제품을 생산하는 것이 우리가 흔히 알고 있는 기계다. 그러나 동물도, 식물도, 인간의 삶도, 세상에 존재하는 모든 존재를 들뢰즈와 가타리는 전부 '기계'라고 부른다.

지은이들의 기계는 어떠한 흐름을 '절단'하고 '채취'하는 방식으로 작동한다. 존재는 기계적 작동을 통해 다양한 삶을 구현할 수 있다. 예를 들어, '나'라는 기계는 학교에서는 학생-기계로 작동하고, 회사에서는 정규직-기계로 작동한다. 배치가 달라짐에 따라 존재-기계는 그 상황과 조성에 맞게 작동되는 것이다. 그렇다면 자본주의라는 배치에서 살아가는 나는 어떻게 작동해야 올바른 기계라고 할 수 있을까.

10대에는 명문대학, 좋은 학과를 가는 것을 목표로 대학입시에 시간을 쏟아부어야 한다. 20대에는 취업을 위해 토익, 토

플, 학위, 각종 자격증 등, 사회가 원하는 스펙에 맞게 자신을 완성시켜야 한다. 거기다 멜로드라마에나 나올 법한 연애 코스도 밟아야 하고, 결혼과 부동산 투기를 목적으로 은행에서 수억 원의 돈도 대출받아야 한다. 이렇듯 자본이 만들어 놓은 매뉴얼에 따라 내 신체에너지를 노동력으로 환산시킨다면 자본주의라는 배치 안에서 그럭저럭 잘 작동하는 기계라 할 수 있지 않을까.

리좀은 〈하나〉로도 〈여럿〉으로도 환원될 수 없다. 리좀은 둘이 되는 〈하나〉도 아니며 심지어는 곧바로 셋, 넷, 다섯 등이 되는 〈하나〉도 아니다. 리좀은 〈하나〉로부터 파생되어 나오는 여럿도 아니고 〈하나〉가 더해지는 여럿(n+1)도 아니다. (…) 리좀은 n차원에서, 주체도 대상도 없이 고른판 위에서 펼쳐질 수 있는 선형적 다양체들을 구성하는데, 그 다양체들로부터는 언제나 〈하나〉가 빼내진다(n-1). 「리좀」 『천 개의 고원』, 47쪽.

들뢰즈와 가타리는 자본이 지배하는 초월적 배치에 저항하기 위해 '리좀'이라는 개념을 가지고 온다. '리좀'이란 '뿌리-줄기'이다. 마구 엉켜 있는 뿌리줄기를 상상해 보자. 어디서부터 출발했는지, 어디로 뻗어 가는지 그 기원과 목적을 알 수가 없다. 오직 '연결'과 '접속'으로만 이루어진 줄기 선들뿐이다. 존재도 리좀의 형태를 이루고 있다. 존재는 생겨날 때부터 규정되지도 않고, 이름도, 크기도, 객체도, 주체도 없다. 오직 다양한 힘의 차원과 어떠한 모습으로도 변할 수 있는 변이체들만이 있을 뿐이다. 그러나 자본은 이러한 존재 역량을 〈하나〉로 환원시키고 〈여럿〉으로 통일시키는 데 주력한다.

『천 개의 고원』의 지은이들은 자본의 총체화와 통일성에 저항하기 위해 존재의 다양한 층위인 n차원에서 '더하기'가 아닌 '빼기'를 권유한다. n-1, 즉 하나의 절대적인 힘을 뺐을 때 존재는 더욱더 많은 이질적인 것들과 연결 접속할 수 있다. 마치 내 안의 견고한 전제들(나를 지배하는 관념, 습관, 초월적 믿음)을 내려놓듯이!

들뢰즈와 가타리는 말한다. '다양하게! 더 단순하게! 우리를 이루고 있는 익숙한 차원들을 더하지 말고 빼라!'라고. 'n-1' 했을 때, 존재는 이전과는 전혀 다른 신체성을 갖게 되며 생각지도 못한 삶의 패턴을 그리게 된다. 이러한 순간을 지은이들은 '사건'이라고 한다.

사건이란 일종의 변곡점이다. 그래프에 그려진 포물선을 상상해 보자. 마이너스의 기울기에서 플러스의 기울기로 꺾이는 순간 그래프에는 하나의 변곡점이 찍힌다. 변곡점은 삶의 터닝 포인트가 되는 지점이다. 내 삶의 배치를 바꾼 터닝 포인트는 단연 감이당과의 접속이다. 감이당에서 책을 읽고 공부를 하면서 자본주의가 만들어 놓은 매뉴얼에서 벗어나 새로운 삶의 배치를 경험했다.

질문이 없어요!

/

평소 평일에는 회사에서 일하고 주말에는 공부를 한다. 처음부터 그랬던 것은 아니었다. 감이당 주방에서 밥을 하고 청소를 하다가 우연히 세미나에 참여하고 강의를 듣게 된 것이다. 그러면서 지난 2년 동안은 '대중지성 프로그램'과 접속하여 좀 더 밀도 있는 공부를 했다.

대중지성에서는 매 학기가 끝날 때마다 한 편의 에세이를 써야 한다. 책을 읽는 것도 꺼려했던 내가 글까지 쓰게 될 줄이야! 에세이는 책과 내 삶을 연결시켜 그동안 가지고 있었던 견고한 전제를 하나씩 깨는 것이 핵심이다. 여기에 필요한 것이 바로 '질문'이다.

사실 매 학기 에세이를 쓸 때마다 질문이 잘 생기지 않았다. 평일이면 회사에 출근하고 일하고, 퇴근하면 동료들이나 친구들과 만나 놀고, 먹고, 그러다 집에 가면 아무 생각 없이 잠을 잤다. 일도 편하고 월급도 꼬박꼬박 나오며, 가족관계, 친구관계 등등, 어느 것 하나 나를 힘들게 하는 것이 없었다. 그저 주어진 일에 충실하기만 하면 배부르고 편안한 삶이 보장되는데, 대체 여기서 무엇을 질문하고 무엇을 답하란 말인가.

겨우겨우 질문을 만들고 글을 쓰면 항상 '이분법적' 사유를 하고 있다는 코멘트를 받았다. 이분법이란 '이것'과 '저것'을 나누며 사유하는 방식이다. 선생님들로부터 내가 회사는 나쁜

27

/

것, 공부는 좋은 것으로 분리하며 글을 쓴다는 지적을 들었다. 그럼 나도 묻고 싶다. 이분법 없이 사는 사람이 과연 존재할까. 이것과 저것을 나누지 않고 어떻게 삶을 살아갈 수 있다는 말인가. 남자와 여자, 정규직과 백수, 선과 악, 사랑과 증오 등. 내가 바라보는 세계는 이렇듯 수많은 이분법이 존재한다. 이것과 저것을 나누며 사유하는 것이 과연 나쁜 것이라 할 수 있을까?

무엇과도 연결 접속할 수 있는 리좀의 세계가 있다면 그와 대조적으로 하나의 중심으로만 뻗어 가는 수목(樹木)의 세계도 있다. 리좀이 줄기의 형태라면 수목은 나무의 형태다. 리좀이 출발과 목적을 모른다면, 수목은 출발과 목적이 분명하고 경계가 뚜렷하다. 하나의 규정, 하나의 절대적인 사유만 하는 것이 수목의 세계이다.

이것 아니면 저것을 나누어 버리는 수목은 다양한 차이들의 생성을 없애려고 한다. 삶을 살아갈 때 이분법 그 자체가 문제되는 것이 아니라, '좋다!'와 '나쁘다!'를 분명하게 갈라놓고 나에게 이로운 쪽으로만 작동시키는 것이 문제인 것이다. 차이보다 차별만이 존재하는 세계, 그것이 수목이다.

공부는 리좀적? 회사는 수목적? '공부는 언제나 다이내믹하고 회사는 늘 시시해'라는 나의 생각은 공부와 일상을 온전히 분리하는 것으로 글에 나타났다. 그러나 수목 안에도 리좀이 있다. 중심으로부터 탈출하고픈 미미한 차이들이 존재한단 말이다. 회사라는 수목적 공간 안에서도 스펙터클한 사건과 사고들

세미나 중인 대중지성 학인들

대중지성이란, 10대에서 80대까지 누구든, 언제든, 고전과 만나 지성을 배우고 연마할 수 있는 세대공감 네트워크를 뜻한다. 대중이 함께 모여 고전을 읽고, 배운 것을 말로 전달하며, 자신의 삶과 연결하여 글쓰기를 비전으로 삼는다. 이 지혜와 비전을 바탕으로 '밥벌이'를 하고 우정의 네트워크를 만들어 가는 것이 핵심이다.

이 비일비재하게 일어나는데 단지 내가 그것을 보려고 하지 않으려고 했을 뿐!

~그리고, ~그리고

/

"현실로 내려와서 써!" 늘 외부의 조건을 중심으로만 글을 썼던 나에게 대중지성의 튜터 선생님이 하신 코멘트다. 현실로 내려와서 쓰라는 코멘트는 내 욕망이 어디에 쏠려 있는지, 어디에 어떻게 중독되어 있는지 내 일상과 욕망을 아주 자세히 들여다보라는 얘기다. 그러려면 내 안에 있는 자의식과 계속해서 대면하고 부딪쳐야 한다.

글쓰기는 내 안에 깊게 잠들어 있는 자의식을 깨우고 만나는 데 아주 탁월한 도구다! 그런 글쓰기는 그동안의 편안했던 일상을 조금 '불편하게' 만들었다. 시간이 날 때마다 책을 봐야 했고, 친구들과 먹고 마시며 놀던 시간에 글을 써야 했기 때문이었다. 이래서 내 안의 나와 만나는 것은 썩 유쾌하지 않다. 내가 나를 보아야 한다는 것! 공부하는 모습이 나조차도 매번 낯설었다.

사실 '멋지게 쓰고 싶다'는 생각도 있었지만, 무엇보다 편안하게 글을 쓰고 싶었다. 왜냐하면 내 자신과 대면하는 시간이 조금이라도 줄어들기 때문이다. 공부마저도 편하게 하고 싶은 어리석은 욕망이 매번 솟아올랐다. 그러다 보니 책을 촘촘히 읽지도 않았고, 글을 쓰면 좋아하는 인용문만 가득한 글이 되어 버렸다. 그래서 매번 에세이는 아쉬움만을 남겼다. 이렇게 공부를 한다면 몸담고 있는 장소만 바뀌었을 뿐 자본주의가 만들어 놓은 배치에서 복제품으로 사는 것과 무엇이 다르단 말인가!

공부를 하기 전 나를 지배하고 있었던 것은 '취직'과 '돈의 증식'이라는 생각이었다. 넓은 아파트, 결혼, 육아, 노후보장 등등. 자본주의가 만들어 놓은 매뉴얼을 실행하려면 무조건(!) 돈이 많아야 한다고 생각했다. 돈이 많으면 삶을 더욱 윤택하게 살 수 있을 것이고, 남들과는 삶의 질이 분명하게 달라질 것이라 믿었다. 이런 생각이 강하게 들면 들수록 나와는 다른 삶이 보이지 않았다. 내 삶은 당연히 급이 높은 것이고, 나와 다른 삶은 낮은 수준의 것으로 취급하는 수목의 욕망이 내 안에 늘 자리하고 있었다. 그런데 공부를 하다 보니 다양한 삶의 가치와 차이들을 인정하려 들지 않는 나의 생각이 얼마나 폭력적인지를 알게 되었다.

만약 누군가 나에게 "너도 백수가 되어 보지 않을래?"라고 말한다면 선뜻 대답을 못할 것 같다. 그만큼 나에게 정규직은 삶을 윤택하게 만들어 줄 중요한 수단이라고 믿기 때문이다. 그래서 감이당에서 공부하는 백수들을 보았을 때 처음에는 의아스러웠다. 왜 아무런 사회적 활동을 하지 않을까. 대기업, 공무원, 전문직 등등, 남들은 취직을 하려고 기를 쓰는데 저렇게 한

가하게 세월을 보내도 되는 것인가?

그런데 강감찬TV*에 올라오는 낭송, 랩, 연극 등등은 놀라웠다. 그들은 내가 생각하고 있던 백수와는 전혀 다른 존재였던 것이다. 나는 백수들이 만들어 낸 결과물을 본 것이겠지만 그들이 그것을 완성하기까지 계속해서 반복하고 수정하면서 얼마나 많은 노력을 했을까. 그뿐만이 아니다. 책 읽고 글 쓰는 것은 물론이고, 밥하고, 청소하고⋯. 세미나의 환경을 조성해 주는 백수들이 없으면 많은 사람들이 편안히 공부할 수 없을 것이다. 그래서 매주 감이당에서 공부를 할 때면 정규직인 나보다 백수들이 더 바빠 보인다. '도대체 백수 맞아?!'

들뢰즈와 가타리는 '와'(and)의 철학자라고 불린다. 출발도 목적도 아닌 과정밖에 없기 때문이다. 이들에게 가장 잘 어울리는 접속사를 꼽으라면 '~그리고, ~그리고'다. 결국 여기에는 '중간'만 남게 된다. 중간에는 '이것은 맞아!', '저것은 틀려!'라는 이원론이 없다.

우연히 시작하게 된 공부. 글쓰기를 통해 삶을 바라보는 시선이 조금씩 확장된 것은 사실이다. 하지만 내 안에는 아직도 위계적인 생각들이 자리 잡고 있다. 이런 생각들을 글쓰기로 하나하나 깨고 싶다. 한 편의 글을 쓰는 과정은 내가 나와 치르는 전투이다. 내가 고집하고 있는 관념들과의 싸움, 절대적으로 믿

---

* 감이당과 남산강학원의 유튜브 채널로, 공동체의 청년들이 중심이 되어 공동체의 강의와 활동들을 영상으로 만들어 올리고 있다.

고 있는 가치들을 부수고 새롭게 세우는 것 말이다. 그렇다. 글쓰기는 끊임없이 나를 파괴하고 다시 세우는 과정이다. 그런 점에서 글쓰기는 '중간'에서 이루어져야 한다.

아버지와 '다양체'

한 국회의원의 발언이 이슈가 된 적이 있었다. '이부망천', '서울에서 살다가 이혼하면 부천에 살고, 망하면 인천으로 이사를 간다'를 줄인 말이다. 어렸을 적 아버지의 사업 부진으로 인해 월세 단칸방을 전전해야 할 만큼 경제적으로 어려운 시기를 겪었다. 중학교를 졸업할 무렵에는 부모님이 이혼을 하시면서 아버지와 나, 그리고 동생 셋이 살았다. 몇 해 전 동생이 결혼을 해서 가정을 꾸려, 현재는 아버지와 단둘이 인천에 살고 있다. 그때 그 시절을 생각하며 '이부망천'이라는 말을 들으니 기분이 조금 씁쓸했다.

　아버지와는 한집에 살면서도 서로 바쁘다 보니 자주 얼굴을 보지 못한다. 일주일에 한두 번 저녁을 먹는 것이 고작이다. 그러나 두 시간 남짓 밥을 먹으며 대화를 나누는 시간은 늘 즐겁고 흥미진진하다. 그만큼 아버지와 나는 사이가 매우 좋다. 하지만 처음부터 그랬던 것은 아니다. 중고등학교 시절, 아버지는 나에게 걱정과 원망의 대상이었다.

'억압'과 '환상'

/

아버지는 원래 전기 전문직에 종사하셨다. 그런데 거듭된 사업 실패로 인해 현장잡부로 일을 하셨다. 매일 찢어진 작업복을 입고, 덜컹거리는 중고트럭을 타고 지방 곳곳의 현장을 다니시며 일을 하시는 아버지의 모습을 볼 때마다 걱정스러운 마음이 들기도 했지만 한편으로는 창피하기도 했다.

아버지는 일을 열심히 하시는 분이다. 그런데도 가정 형편은 전혀 나아질 기미가 보이지 않았다. 동생과 중고등학교를 다닐 적, 아버지는 나에게 어떻게든 급식비를 마련해 주셨지만 동생은 무료급식 대상자로 배식을 받았다. 사정이 이러니 셋방 계약이 끝날 때마다 보증금이 없어 시골에 계신 할아버지 할머니에게 돈을 빌려야만 했다. 이러한 처지가 늘 부끄러웠고, 어려운 집안 사정에도 불구하고 가족보다 친구들과 지인들에게 돈을 아끼지 않는 아버지의 씀씀이가 마음에 들지 않았다.

집안 형편보다 더 문제가 되었던 것은 어머니의 주사(酒邪)였다. 어머니는 매일 술을 마셨고, 그럴 때마다 아버지와 싸우셨다. 아버지는 그런 어머니를 피해 집을 나가는 일이 잦았고, 나와 동생은 학교 준비물을 챙기기보단 아버지와 어머니가 싸우며 박살낸 물건들의 잔해를 치워야만 했다. 술을 마시는 어머니의 모습을 볼 때마다 나는 분노로 가득 찼다. 그리고 이를 방관하는 무책임한 아버지가 원망스러웠다. 집에 들어가는 것이

죽기보다 싫었다. 학교공부는 아예 하지도 않았고 매일 친구들과 거리에서 방황을 하는 것이 나의 유일한 출구이자 반항이었다. 조용한 성격의 동생은 집에서 게임중독에 빠져 버렸다.

나는 하루라도 빨리 부모님이 이혼하길 원했다. 이런 식으로 살 바에야 차라리 가족이 해체되는 것이 더 나을 것 같았다. 추석 명절날 어머니를 뺀 나머지 가족들이 모여 회의를 열었고, 나는 강력하게 부모님의 이혼을 주장했다. 그리고 얼마 후 부모님은 결국 이혼을 하셨다.

누구보다도 부모님의 이혼을 원했던 것은 나였다. 그런데 해체된 가족의 모습은 나에게 창피하고 숨겨야 할 콤플렉스로 자리 잡아 버렸다. 습관처럼 친구들의 가정과 내 가정을 비교했고, 남을 의식하면서 겉으로는 화목한 척, 불행하지 않은 척하며 나의 가정사를 숨겼다. 화목해 보이는 가족을 볼 때마다 열등감이 차올랐다. 열등감은 곧 '스위트 홈의 환상'을 꿈꾸게 했다. 넓은 아파트에서 번듯한 직업을 가진 아버지와 가정적이고 자상한 어머니. 공부를 잘하고 똑똑한 자녀들. 나는 이렇게 4인으로 구성된 가족이 가장 이상적이고 정상적인 가족의 모습이라고 생각했다. 정상적인 가족 안에서 자라지 못했다는 열등감과 환상은 억압으로 자리 잡았다.

아버지와 '다양체'

다 엄마 아빠 때문이라고?!

/

부모님이 이혼하신 뒤로 나에게 이상한 증상이 생기기 시작했다. 잠을 잘 때 복도에 사람이 지나가거나 계단에서 '쿵쾅'거리는 소리가 들리면 신경이 예민해지고 잠이 오지 않았다. 심장이 두근거리고 뜬눈으로 밤을 지새우기도 했다. 도대체 나는 왜 이런 증상에 시달렸던 것일까.

나의 증상을 프로이트에게 상담한다면 그는 "다 엄마 아빠 때문이야!"라고 말해 줄 것이다. 밤에 엄마와 아빠가 싸우는 모습을 보았고, 싸운 장소가 계단이었고, 술에 취한 어머니가 복도에 쓰러져 있었기 때문이라고 말이다. 프로이트는 한 번 더 말한다. "너의 무의식은 억압되어 있어. 그 이유는 어린 시절 정상적인 가정환경에서 자라지 못했기 때문이야!" 나는 프로이트의 해석에 적극 공감이 갔다. 그의 말대로 부모님이 실제로 그렇게 싸웠기 때문이다.

프로이트는 정신분석학자로서 무의식이 '다양체'라는 것을 발견했다. 다양체란, 다양한 출구가 열려 있는 일종의 '공간'이다. 하지만 프로이트는 다양체를 '엄마와 아빠'라는 하나의 통일되고 단일한 공간으로 환원시킨다. 프로이트는 오이디푸스 콤플렉스 말고는 모든 출구를 봉쇄시켜 버린다.

들뢰즈와 가타리는 프로이트의 이런 해석을 완전히 '박살내' 버린다. 무의식은 '엄마와 아빠'라는 통일된 공간으로 환원될 수 없고, 어린 시절의 억압과 미래의 환상과는 아무런 상관이 없다는 것이다. 지은이들이 말하는 무의식은 일종의 사막이다. 사막에는 한 마리가 아닌 여러 마리의 늑대가 무리를 지어 서식하고 있다. 늑대들에게 정상적인 가족이란 존재하지 않으며, 자식도 없고 부모도 없다. 오직 '여럿'이면서 '하나'인 '부족'과 '유목민'만이 살고 있을 뿐이다. 중요한 것은 부모이면서 부모가 아닌 방식, 자식이면서 자식이 아닌 관계를 만들어 가는 것이다.

이혼 후 일과 살림을 동시에 책임지셨던 아버지를 대신해 동생과 내가 빨래며 청소, 설거지 등 집안 살림을 꾸려나갔다. 성인이 될 무렵, 나와 동생은 아버지로부터 경제적으로 자립하는 것이 우선이라고 생각했다. 그래서 우리 형제는 대학을 가는 대신 기술을 배워 취업하는 길을 선택했다.(원래 둘 다 공부를 하지 않았기 때문에 선택하기가 쉬웠다.^^)

동생과 내가 경제적으로 자립을 하면서 아버지도 우리들로부터 자립을 하게 되었다. 이제 더 이상 아버지만이 살림과 부양을 책임질 필요가 없었다. 시간이 지날수록 예전에는 어색했던 동생과도 가까워졌다. 집안 살림 외에도 일, 사회문제 등, 대화를 나눌 수 있는 부분이 많아졌기 때문이다.

『천 개의 고원』의 지은이들은 집단의 설정을 강조하는데, 예전에는 동생과 아버지가 가족이라는 집단이었다면, 이제는 함께 집을 꾸려나가는 '룸메이트'로 변한 것이다. 우리 셋은 때

1950년대 미국 중산층 가정의 모습

"스위트 홈의 망상이 무의식의 영토를 점령하기에 이르른 것이다. 언덕 위의 하얀집, 앞치마를 두른 미모의 엄마, 사무직 아빠, 바이올린을 켜거나 피아노를 연주하는 아이, 이것이 핵가족이 연출할 수 있는 최고의 명장면이다. 20세기를 통과하면서 언덕 위의 하얀집이 아파트로 바뀌고, 엄마는 미시족으로, 아빠의 직업은 변호사 혹은 증권맨으로 바뀌는 변화를 겪긴 했지만, 기본구조는 조금도 달라지지 않았다.

스위트 홈의 망상은 일종의 '블랙홀'이다. 원초적 욕망 혹은 무의식을 스폰지처럼 흡인해 버리면서 동시에 결코 옆으로 새지 못하도록 철저히 봉쇄해 버린다는 점에서 그렇다. 여기에 갇히면 엄마와 아빠는 아이를 교육시키는 데 매진하게 된다. (중략) 남들처럼 다 해주고도 더 못해 준 것에 대해 미안해해야 한다. 부모의 학벌이나 지위가 낮으면 낮아서 미안해해야 하고 학벌이나 지위가 높으면 바빠서 자상하게 대해 주지 못한 것에 대해 또 안쓰러워해야 한다."(고미숙, 『나의 운명 사용설명서』, 북드라망, 2012, 164쪽.)

로는 친구처럼, 애인처럼 점점 더 다양한 방식으로 관계를 맺게되었다. 그러면서 그동안 아버지가 짊어졌던 무게감, 책임, 희생, 보호라는 기호들은 사라졌다. 스위트 홈에 존재하는 부모와자식의 환상이 해체되니 그때부터 아버지의 다양한 모습들이보이기 시작했다.

해체했을 때 보이는 것

/

스무 살 때 아버지와 전라도 광주에 있는 수도원으로 일을 하러간 적이 있었다. 수도원은 내비게이션에도 잡히지 않을 만큼 깊은 산속에 자리하고 있었다. 한쪽에 차를 대고 트럭 안에서 작업복을 갈아입고, 장비들을 하나하나 꺼내고 옮겼다. 예전에 내가 부끄러워하고 외면했었던 아버지의 기계들이었다.

아버지와 함께 사다리를 타고 올라가서 끼우고 조이고 연결하면서 우리는 쉬지 않고 대화를 나누었다. 여러 지방을 다니며 아버지가 겪었던 사건과 동생과 나를 키우면서 힘들었던 시절에 대한 대화였다. 그 시절 이 기계들은 언제나 아버지와 함께했다. 이것들은 아버지의 신체이자 일을 하는 동안 나의 신체이기도 했다. 이것들이 없으면 아버지와 나는 일을 할 수 없으며, 아무 대화도 할 수 없었을 것이다. 들뢰즈와 가타리는 사랑하는 사람의 기계가 직접적으로 나와 아무 관계가 없지만 나와 절대 분리될 수 없다고 한다. 아버지를 사랑하게 되면 아버지를 이루고 있는 모든 요소들을 사랑하게 된다.

아버지를 이루고 있는 요소들 중에는 아버지의 친구들도 있다. 아버지는 누군가의 이야기를 잘 들어 주는 힘을 갖고 계신다. 나이와 직업에 상관없이 말이다. 아버지는 어떠한 위계도 경계도 없이 사람을 대해 주신다. 그래서 아버지 주위에는 항상 친구들이 많다. 그리고 나는 아버지의 친구들과도 친하다. 인천에서 가끔 아버지와 친구분들이 일을 할 때면 우리 집은 베이스 캠프가 된다(함께 일을 하지 않는 친구들까지 찾아온다^^). 퇴근 후 집에 도착하면 아버지의 친구분들은 요리며, 청소며 각자가 할 수 있는 일을 하고 계신다. 그리고 함께 자리에 앉아 즐겁게 대화를 나누며 맛있게 음식을 먹는다.

아버지와 나는 늘 이야깃거리가 많다. 내가 공부로 맺은 인연들의 이야기부터 아버지의 연애사까지! 이야기를 하는 동안 아버지와 나는 매번 다르게 거리를 취하고, 다른 속도를 내며 서로를 가로질러 간다. 나는 더 이상 가족주의적이고 경제적인 사랑으로 아버지를 환원시키지 않는다. 환상과 소유는 아버지와 내가 가지고 있는 다양한 출구들을 봉쇄시킬 뿐이다. 우리는 지금보다 더 해체되고 다양하게 관계 맺길 원한다. 그런데 이것이 어찌 부모와 자식의 관계 안에서만 보일 수 있겠는가. 우리 모두가 다양체를 가지고 있다. 해체될수록 우리는 더 많은 서로의 다양체를 포착할 수 있다. 서로에게 더 많은 출구를 열어 주고 더 많은 고유한 본성을 찾아내 주는 것. 누군가를 사랑한다는 것은 이런 것이 아닐까.

누군가를 사랑한다는 것은 무엇을 뜻할까? 언제나 군중 속에서 한 사람을 포착해 내고 그가 속해 있는 집단에서 그를 가려낸다는 것. 그것이 아무리 작은 집단이더라도, 가족이든 다른 뭐든 간에 나아가 그 사람에게 고유한 무리들을 찾아내고 그가 자기 안에 가두어 놓고 있는, 아마 완전히 다른 본성을 가졌을 그의 다양체들을 찾아낸다는 것. 「늑대는 한 마리인가 여러 마리인가」 『천 개의 고원』 76쪽.

'언어'의 전제(前提)와 연애

나는 지금까지 두 번의 '진한' 연애를 했다. 한 번은 고등학교 때였고, 또 한 번은 현재 일하고 있는 회사에서였다. 두 번의 연애를 마친 나의 소감은 "연애는 미치도록 어렵다!"이다. 매번 서로에게 시간을 '올인'해야 하고, 때가 되면 해주어야 할 선물과 이벤트가 필수 조건이 되어 버린 연애방식이 지루하고 따분했다. 무엇보다 '사랑'으로 행해지는 '말'과 '행동' 때문에 생기는 감정 소모가 내 몸과 마음을 지치게 했다. '아… 연애가 이토록 어려운 것이었던가…' 다시는 연애를 하지 않겠다고 다짐했지만! 불어오는 바람을 어찌 막으랴! 나는 지금 세번째 연애 중이다.

전달이 아니다! 명령이다!

/

고등학교 2학년 때 생수부(생활 속의 수학부)라는 동아리에서 그녀를 만났다. 그녀는 공부를 잘하는 우등생이었고, 나는 반에서

45

끝자락 정도인 낙제생이었다. 그런데 나의 어떤 점에 끌렸는지 그녀는 1년 동안 나에게 호감을 표시했고, 수능을 앞둔 어느 날 친구들이 마련해 준 자리에서 어쩔 수 없이 그녀의 고백을 받아주었다. 그렇게 내 인생 첫 연애가 시작된 것이다.

수능이 끝난 후 나는 대학을 가지 못했지만, 그녀는 어엿한 대학생이 되었다. 약간의 열등감 때문이었는지 연애를 시작하자마자 나는 그녀의 일거수일투족을 관리하고 감시했다. 학교 생활부터 동아리 활동까지! 귀가 시간은 물론이고 특히 남사친(남자 사람 친구)들과의 관계를 단절시켰다(돌이켜보면 어릴 때가 더 '꼰대'였던 것 같다).

들뢰즈와 가타리는 언어의 기초 단위인 '언표'를 정보교환이나 소통이 아닌 '명령어'라고 말한다. 우리가 대화를 할 때 많은 정보를 주고받는 것처럼 느끼지만 정보는 오히려 명령어를 준수하고 지키기 위한 최소치일 뿐이다.

하나의 명령어 안에는 많은 언표들이 남아돈다. "우리 오늘부터 1일이야!"라는 언어가 발화(發話)되는 순간, 나는 그녀의 남자친구로서, 그녀는 나의 여자친구로서 지켜야 하고 준수해야 할 많은 언표들이 명령어 밑에 깔리게 되는 것이다. '다른 이성과 단절하기', '연락은 빠르고 자주 하기', '기념일 빼먹지 않기' 등등. 이렇게 보이지 않는 언표의 잉여가 지켜져야지만 평화로운 연인관계가 유지될 수 있다.

명령어는 일종의 '권력'이다. 믿으라고 있는 것이 아니라

'복종'하고 '복종'시키기 위해 있는 것이다. 내가 요구하는 행동 지침을 그녀가 조금이라도 어겼을 때는 불같이 화를 냈다. 그녀의 입장에서도 마찬가지였겠지만, 사실 나는 제대로 지키지 않았다. 먼저 좋아한 것은 그녀였고, 우리 둘의 관계에서 주도권은 나에게 있다고 생각했기 때문이다. 날이 갈수록 그녀에게 부과하는 명령어는 많아지고 심해졌다. 그래서였을까. 3년 남짓 연애를 한 끝에 나는 결국 그녀에게 이별을 통보받았다. 명령이 지나치면 폭력이 될 수도 있다는 사실을 그때 나는 미처 알지 못했다.

회사가 감옥으로!

/

3년의 공백 기간이 있었고, 다시 한 번 나에게 연애의 바람이 불었다. 회사에 입사한 지 2년째 되던 해, 같이 일하던 파트너와 연인관계로 발전했다. 사실 그녀에게 파트너 이상의 감정을 느낀 것은 아니었다. 나의 어설픈 행동 때문이었을까. 얼떨결에 그녀와 연애를 시작하고야 말았다. 이때까지만 해도 내가 전 여자친구에게 부과했던 명령들을 그대로 실행하게 될 줄은 몰랐다.

'맛집 가기', '쇼핑하기', '기념일 챙기기', '영화 보기' 등. 대한민국의 평범한 연인들이라면 다들 하는 연애 코스다. 사회

'언어'의 전제(前提)와 연애

도 우리에게 '명령'을 내린다. 파트너일 때는 그냥 지나쳤을 코스들이 연인으로 관계의 배치가 바뀌자마자 사회가 명령하는 연애방식에 따라 꼭 해야 하는 것으로 바뀌었다.

그녀는 사회가 정한 연애방식을 아주 '과하게' 실행하는 사람이었다. 퇴근 후 나는 그녀와 늦은 시간까지 맛집을 찾아다니며 끊임없이 먹어야 했고, 주말이면 온종일 백화점과 마트에서 쇼핑을 해야만 했다. 기념일에 주는 '특별한' 선물은 나를 옭아매는 족쇄처럼 작용했다.

무엇보다 그녀의 관심은 온통 '성형'뿐이었다. 예쁘게 먹고 예쁘게 쇼핑을 해야만 자신의 존재가 인정받을 수 있다고 믿는 그녀는 매주 성형외과에 가서 시술을 받았다(왜 가까운 인천이 아닌 강남이나 압구정으로 가는지 모르겠다). 나는 그녀의 시술이 끝날 때까지 병원 앞에서 기다렸다.

성형은 자신의 성적 욕망을 뿜어 내기 위한 수단이었다. 간혹 그녀의 성형을 막아설 때면, "다 오빠를 위해서야!"라고 화를 내며 길거리에서 폭언을 쏟아부었다. 오로지 사회가 배치한 연애방식과 디지털에서 내보이는 얼굴을 하기 위해 그녀는 모든 시간과 돈을 쏟아부었다. 남자친구인 나조차도 자신을 꾸미기 위한 액세서리인 것 같았다. 그런데 내가 무엇보다 견딜 수 없었던 것은 그녀의 '감시'였다.

같은 공간에서 일하는 것이 문제였다. 그녀는 눈에 불을 켜고 나를 '감시'했다. 다른 여직원과 업무상 오고가는 대화조차도 그녀에겐 용납되지 않았다. 뿐만 아니라 나의 모든 시간과 동선을 파악하고 관리했다. 조금이라도 자신의 시야에서 벗어나기라도 하면 미친 듯이 화를 냈다. 심지어 공부하는 시간마저도 자신에게 집중할 것을 요구했다.

『천 개의 고원』의 지은이들은 명령어가 발화되었을 때, '공간'과 '신체'가 변형되는 것에 주목한다. 그녀와 보낸 1년이라는 시간 동안 그녀의 감시 속에 회사는 감옥 같았다. 그녀의 명령을 어겼을 때는 마치 죄를 지은 죄수처럼 느껴졌다. 진짜 죄수는 아니지만 내 신체가 죄수처럼 변하는 순간을 '순간적인 비-물체적 변형'이라고 한다. 회사라는 공간이 감옥처럼 표현되는 것도 비-물체적 변형이다. 언표나 언표행위는 그 자체로 '비-신체적'이다. 그러나 명령어로 표현되었을 때 신체의 속성으로 구현된다. 나는 더 이상 그녀의 감시와 명령을 견딜 수 없었다. 마침내 그녀가 퇴사하던 날 나는 바로 이별을 통보했다.

다르게 연애하고 싶다

/

한 번은 차이고, 한 번은 차고, 다시 솔로가 되자 해방감을 느꼈음에도 한편으로는 마음이 외롭고 허전했다. 상황이 이러하다 보니 나의 연애 세포는 점점 죽어 갔다. 대체 언제까지 맛집을 찾아다녀야 하고, 쇼핑에 몰두해야 하며, 서로를 구속하는 연애

방식에 우리의 욕망을 포개야만 할까. 매번 이런 식으로 연애를 한다면 대상만 바뀔 뿐 똑같은 관계 안에서 똑같은 대화밖에 할 수 없을 것이다.

"다수파는 권력 상태 또는 지배 상태를 전제로 한다"「언어학의 기본전제들」,『천 개의 고원』, 203쪽. '다수어'란 생성이 없고 표준적인 언어로서 사회가 장악하고 부과하는 권력의 언어다. 연인관계에서 중요한 것은 '대화'다. 매번 같은 형식의 연애 코스를 밟는다면 다수어에서 벗어난 대화를 나누기 힘들 것이다. 나에게 세번째 연애가 다가온다면 사회가 배치한 연애 코스에서 벗어나 조금은 다르게 연애를 하고 싶었다.

내성적인 성격의 그녀는 본사가 아닌 지사에서 근무를 한다. 우리는 얼굴 한 번 보지 못한 채 한동안 사내 메신저로만 대화를 했다. 그러다 그녀에게 호감이 생겼고,(이것이 언어의 힘!) 꾸준히 사심을 표현한 결과 그녀는 나의 고백을 받아 주었다.

카페 가고, 영화 보고, 쇼핑하고…. 연애가 처음인 그녀와도 초반에는 보편적인 연애 코스를 밟아 갔다. 특히 직장을 다니는 우리에게 주말은 형식적으로라도 꼭 만나야 하는 날이었다. 그런데 사실 주말을 '빡세게'(?) 공부하는 나로서는 다소 제약이 많았다. 공부하는 시간을 그녀에게 내줄 수 없는 것이 영 마음에 걸린 나머지 그제서야 내가 하는 공부에 대해 털어놓았다. "책을 읽고 글을 쓰는 공부를 하고 있어요." 자격증 공부인 줄만 알았던 그녀는 놀라기도 하면서 내가 하는 공부에 흥미를

페르낭 레제(Fernand Léger)의 「커플」(Le couple)

"사랑은 수동적 감정이 아니라 활동이다. 사랑은 '적극적으로 참여하는 것'이지 결코 '빠지는 것'은 아니다. (……) 준다는 것은 무슨 뜻인가? 이 물음에 대한 대답은 단순한 듯하지만 사실은 매우 애매하고 복잡하다. 가장 널리 퍼져 있는 잘못된 생각은 주는 것이란 무엇인가를 포기하거나 빼앗기거나 희생하라는 뜻으로 오해하는 것이다. 무엇이든 받아들이고 착취하고 저장하려고 하는 단계를 넘어서지 못한 성격의 사람들은 '준다'고 하는 행위를 이러한 방식으로 경험한다. (……) 준다는 것은 잠재적 능력의 최고의 표현이다. 준다고 하는 행위 자체에서 그들은 그들의 힘, 그들의 부, 그들의 능력을 경험한다. 이 고양된 생명력과 잠재력의 경험 속에서 그들은 매우 큰 기쁨을 느낀다. 그들은 충만되어 있으며, 소비하고 살아 움직이는 자로서의 즐거움을 자신 스스로 경험한다."(에리히 프롬, 『사랑의 기술』, 김지훈 옮김, 청년사, 1990, 36~37쪽)

/

'언어'의 전제(前提)와 연애

가지기 시작했다. 그때부터 『천 개의 고원』을 시작으로 내가 읽었던 여러 책을 가지고 그녀와 세미나를 시작했다.

카페, 지하철, 영화관 등, 책을 펴고 세미나를 할 때면 우리가 앉아 있는 공간은 '공부방', '세미나실'로 순간적인 비-물체적 변형을 이루었다. 둘 사이에는 연인관계에서 동학(同學)으로 표현되는 새로운 배치가 생겼고, 새롭게 대화할 수 있는 공간이 열린 것이다.

다수어 속에서 생성되고 변주하는 언어를 '소수어'라고 한다. 소수어는 시대가 정해 놓은 언어를 새로운 방식으로 변주하고 생성하는 방식의 언어다. 새로운 공간에서 우리는 『다르게 살고 싶다』(박장금, 2017, 슬로비)라는 책으로 '사주명리'를 공부하기 시작했다. 음양과 오행, 천간과 지지, 육친 등, 사주명리 안에는 삶을 다양하게 해석해 주는 코드들이 존재한다. 금(金)기가 없어 맺고 끊는 것이 부족한 나, 목(木)기가 없어 소심한 그녀. 명리의 코드를 가지고 서로 놀리기도 하고, 싸우기도 하면서 그동안 연애하며 나누었던 보편적인 언어를 새로운 방식으로 변주했다. 연애도 삶의 일부다. 언어가 바뀌면 삶을 대하는 태도도 바뀐다. 언어가 달라지면 대화가 달라지니 사회를 장악하고 있는 다수의 연애방식에서도 벗어날 수 있다.

우리는 자본에 포획되는 연애를 하지 않게 되었다. 성형에 욕망을 투여하지 않을뿐더러 형식적으로 만나 쇼핑을 하면서 쾌감을 갈구하지도 않았다. 특히 그녀에게 가장 고마운 것은 주말에 하는 공부를 응원해 주고, 내가 쓴 글을 보고 코멘트를 해 준다는 사실이다. 더 이상 연애와 삶이 분리되지 않았다. 연애와 삶이 분리되는 것이야말로 사랑이 고갈되는 지점이 아닐까.

『천 개의 고원』의 지은이들은 명령어를 '사형선고'라고 한다. 다양한 코드로 언어를 변주하면서도 우리는 서로에게 항상 명령을 내린다. 즉, 우리는 명령어를 피할 수 없다. 그렇다면 이대로 사형선고를 받아들이고 인정해야만 하는 것일까. 들뢰즈와 가타리는 '어떻게 명령어가 감싸고 있는 사형선고를 피하고 도주의 역량으로 펼치고 나갈 것인가'를 제시한다. 그러니 다수어에 포획되지 않으려면 계속해서 다양한 배치를 만들어 내고 다양하게 언어를 변주해야 한다.

다르게 연애를 한다는 것은 무엇일까. 그것은 이전과는 다른 방식으로 연애라는 배치를 이해하고 받아들이는 태도이다. 어떻게 연애를 해야 할지 고민하는 사람들에게 감히 '명령'한다. 언어를 변주시켜라! 그러면 사회가 명령하는 배치 속에 욕망을 투여하고 서로를 구속하는 연애방식이 조금은 달라질 수도!

도덕의 '지층'! 32평 아파트

어렸을 적, 가정 형편이 넉넉하지 않아 매번 전세와 월세를 옮겨 다녔다. 그래서 '내 집이 없다'라는 것은 나에게 있어 가난과 불행의 언표였다. 언제나 그랬듯이, 계약기간은 만료되었고, 집주인으로부터 집을 비워 달라는 통보를 받았다. 나는 또 다시 셋방살이를 하기가 싫었다. 그래서 가족들에게 집을 사겠다고 '선언'했다.

강남에 비해 인천은 집값이 굉장히 싼 편이다. 그래도 30대 직장인 연봉은 집을 마련하기에는 턱없이 부족했다. 그래서 나는 은행에서 1억 3천만 원을 대출받아 집을 사기로 했다. 그것도 무려 30년 할부로!

'빚'에 포획되다!

/

들뢰즈와 가타리가 인용한 챌린저 교수의 말에 따르면, 지구는 습곡작용(=주름)과 퇴적작용(=쌓임)을 반복하면서 자기 나름대로 조직화를 이루어 간다고 한다. 들뢰즈와 가타리가 자주 쓰는 개념어 중 '기관 없는 몸체'라는 것이 있다. 기관 없는 몸체란 아무런 형식을 부여받지 않은 불안정한 질료다. 오직 '흐름'뿐인 지구는 하나의 기관 없는 몸체를 이루고 있다. 이 흐름 위에 습곡작용과 퇴적작용을 반복하며 뒤섞이고, 굳고, 딱딱한 층을 이루는 것을 '지층화'라 한다.

지구는 산과 바다를 모른다. 그러나 우리는 지구의 지층들을 산이라 부르고 바다라 지칭한다. 존재도 마찬가지다. 어떤 것과 연결되고 뒤섞이고, 어떻게 층을 이루냐에 따라 부모와 자식으로, 학생과 회사원으로 규정되는 것이다.

도덕은 인간을 중심으로 만들어진 지층이다. 자본주의를 살아가는 현시대에 가장 도덕적인 지층은 바로 '30평대의 아파트'라는 '공간'을 갖는 것이다. 그러나 현실에서 그것은 은행 대출을 받지 않고는 가질 수 없는 공간이다. 수억대의 아파트를 은행 대출로 분양받는 순간 나는 '채무자'로 규정된다. 그러나 요즘은 아파트가 단순히 주거가 목적이 아니라 집값이 올랐을 때 팔아 버리는 투기성 공간으로 포획되고 있다.

> 지층들은 층(層)이자 띠(帶)이다. (…) 지층들은 포획이며, 자신의 영역을 지나가는 모든 것을 부여잡으려고 애쓰는 "검은 구멍(=블랙홀)" 또는 폐색 작용과도 같다. 지층들은 지구 위에서 코드화와 영토화를 통해 작동한다. (…) 지층들은 신의

심판이다. 「도덕의 지질학」 『천 개의 고원』 86쪽

　"빚 안 지고 어떻게 집을 사!" 집은 당연히 대출을 받고 사는 것이라고 생각했다. 솔직히 돈을 버는 이유는 내 집을 갖기 위해서이다. 하지만 월급을 모아 집을 사려면 적어도 10년 이상 걸리기 때문에 대출을 받지 않고는 살 수 없다. 지층은 '코드화'와 '영토화'를 통해 작동한다. 은행이라는 코드와 접속하고 아파트라는 영토를 마련하는 것은 지금 시대엔 당연한 것이다. 대출을 받고 집을 사는 것은 자본주의가 내리는 '심판'이며, 모두가 그러하듯 나 또한 심판받은 대로 잘 따랐다.

　대출을 받고 집을 사겠다고 하니 가족들의 반대가 심했다. 1억 3천이라는 빚이 생기는 것도 문제였지만, 아버지와 둘이 살기에는 아파트가 컸기 때문이다. 하지만 나는 "남자가 결혼하려면 집이 있어야 해요!" "1억? 젊은데 그거 못 갚겠어요?" "앞으로 집값은 계속 올라요!"라며 가족들을 설득했고, 결국 승낙을 받았다.

　그 후, 나는 매일 부동산을 왔다 갔다 하며 집을 알아보았다. 그런데 이왕 사는 거 새로 지은 아파트에 살면 더 좋지 않을까? 누군가 살았던 집은 영 마음에 들지 않았다. 그래서 아직 완공도 되지 않은 새 아파트를 계약했다.

　매매한 아파트는 예전에 살던 집과는 비교도 할 수 없을 만큼 넓었다. 넓은 방 하나와, 작은 방 두 개. 무엇보다 화장실이

57

두 개였다. 나는 시멘트가 굳기도 전인 건물 안에서 대출 계약서와 매매 계약서에 도장을 찍었다. 그 후 완공 날짜와 이사 기간까지 약 세 달 동안 설레는 마음으로 매일매일 텅 빈 집을 왔다 갔다 했다. 탁 트인 전망, 트리플 역세권, 서울과 가까운 입지. 나중에 결혼해서 신혼집으로 살기에는 딱 좋은 공간이었다.

공간은 어떻게 분절되는가

/

화려하게 벽지를 발라 놓으니 거실과 방이 그럴듯해 보였다. 예전에 살던 집은 물건이 별로 없었는데도 집이 꽉 차 보였는데, 이제는 그럴 걱정이 없을 만큼 넓은 공간이었다. 이제 방의 용도에 맞게 물건들을 채워 넣기만 하면 되었다. 그런데 왠지 쓰던 물건들이 새로 이사한 집과 어울리지 않아 보였다. 그래서 경기도 광명역에 위치한 이케아(가구점)를 왔다 갔다 하면서 새 가구와 주거 용품을 사들였다. 안방에는 분위기 있는 가구들로 채워 넣고, 주방은 예쁜 식기들로 장식했다.

들뢰즈와 가타리는 지층이라는 지질학적 개념을 언어학자 옐름슬레우(Louis Hjelmslev)의 '내용'과 '표현'이라는 용어를 빌려 설명한다. 지층은 내용으로 한 번 분절되고, 표현으로 또 한 번 분절되는데, 이것을 '이중분절'이라고 한다. 분절(分節)이란, 꺾고 접합하여 '마디화'한다는 뜻이다.

공간은 콘크리트와 철근이라는 형식으로 되어 있다. 이 공간은 구조와 평수, 주변 입지의 특색에 따라 빌라로 표현되기도 하고 아파트로 표현되기도 한다. 그런데 빌라와 아파트는 또 다른 표현의 내용이 된다. 매매자의 의도에 따라 결혼을 하기 위한 조건으로, 부동산 투기로 표현된다. 그리고 그 공간에 어떤 물건을 배치하고 활용하느냐에 따라 안방으로, 주방으로 표현된다. 이렇게 이중분절은 내용이 따로 있고 표현이 따로 있는 것이 아니라 서로를 상호 전제하며 끊임없이 분절한다. 하나의 내용은 또 다른 것의 표현이고 하나의 표현은 또 다른 것의 내용이기도 하다.

사실 아파트를 결혼 조건이나 부동산 투기로 환원하는 것은 사회가 자본과 '코드화'하여 분절하는 방식이다. 이 방식에 나의 욕망을 고스란히 투여했다. 강남 집값을 보며 부동산 투기를 비판하면서도 은근 내 집 값이 오르기를 바랐으며, 내가 사는 집이 TV에서 본 것처럼 화려한 공간이 되길 원했다. 그래서 업무시간에 인터넷으로 하루 종일 가구 및 가전을 검색해서 신용카드로 구매했다. 특히 나만의 아늑한 공간을 만들고 싶어서, 서재를 꾸미기 위해 많은 돈을 들였다. 나는 점점 빚의 검은 구멍 속으로 빨려 들어가고 있었다. 내 욕망이 빚에 포획될수록 공간은 필요도 없는 화려한 상품들로 포획되고 있었다.

입주 후, 내 집이 생겼다는 마음에 집에서 최대한 많은 활동을 하고 싶었다. 주방에서 음식도 하고, 서재에서는 공부를 하며, 거실에서는 친구들을 초대해서 재미있는 파티를 할까도 생각했었다.

그런데 그것은 상상에 지나지 않았다. 아버지와는 서로 바쁘다 보니 둘이 함께 집에 있는 시간이 거의 없었고, 화장실이 안방에도 있다 보니 한집에 있어도 부딪힐 일이 없었다. 가끔 아버지가 출장을 가시는 날이면, 넓은 공간에 혼자 있는 것이 영 어색했다. 게다가 식사를 주로 밖에서 해결하다 보니 주방은 아예 쓰이지도 않았다.

은행 대출을 받으면서까지 드디어 '내 집 마련'의 꿈(!)을 이뤘다. 거기다 온갖 화려한 인테리어와 비싼 상품으로 집을 꾸며 났는데, 잠을 자고 옷을 갈아입는 용도 이외에는 쓰이질 않고 있었다. 아주 가끔 아버지 친구들이 놀러 오시는 것이 전부였고, 그 이외에 아무 활동이 이루어지지 않았다. 시간이 지날수록 집에 들어가는 것이 부담스러웠다. 그때부터 서재가 아닌 카페에서 공부를 하며 시간을 보냈다. 공간과의 접속은 생겨나지 않았고, 빚은 빚대로, 소비는 소비대로 늘어만 가고 있었다.

저장 증후군! 새로운 지층이 생기다

/

『천 개의 고원』에서는 이중분절(지층화)을 유익하면서도 유감스러운 일이라고 한다. 집이라는 공간을 용도에 맞게 활용한다면 우리에겐 유익한 지층이다. 하지만 결혼의 조건과 부동산 투기 등, 자본이 분절하는 방식으로 포획된다면 매우 유감스러운 지층인 것이다. 공간은 그저 텅 빈 것이 아닌 그 자체로 살아 있는 '신체'다. 신체가 살아 있다는 것은 다양한 활동을 전개할 수 있는 가능성을 품고 있다는 것이다. 그렇지 않다면 신체는 죽어 있는 것이나 다름없다. 공간도 마찬가지다. 그 안에서 여러 가지 사건들이 수시로 일어날 수 있도록 만들어 주어야 한다.

화려한 인테리어와 비싼 상품들로 지층화된 나의 집에서는 아무런 활동도, 사건도 일어나지 않았다. 집에 대한 환상은 무너졌고, 마음은 더할 나위 없이 공허해졌다. 자본의 방식을 맹목적으로 따라갔고, 이것은 결국 자본이 만들어 낸 환상이라는 것을 깨달았을 때는 이미 공간은 움직이지 않은 채 죽어 있었다. 그리고 그 위에는… 놀랍게도 '저장 증후군'이라는 아주 기괴한 지층화가 일어나고 있었다.

나는 예전부터 조금이라도 애착이 가는 물건을 쉽게 버리지 못하는 이상한 습관이 있다. 그래서 내 서재에는(이제는 서재라고 하기에도 창피하다) 온갖 잡다한 것들이 다 있다. 기타, 피아노, 중고등학교 때 입던 교복과 체육복, 연애편지, 심지어 학창 시절 보던 교과서와 시험지까지!

내가 지금 기타와 피아노를 칠 가능성은? 전혀 없다. 연애편지? 예전 연애에 대한 추억도 미련도 없다. 더 엽기적인 것은 공부도 하지 않았던 내가 교과서와 시험지를 가지고 있다는 사

61

실이다. 거기다가 낡아 빠진 교복과 체육복이라니⋯ 이 정도면 거의 '병'에 가까운 수준이다. 특히 가장 문제가 되는 것은 벽에 착(!) 달라붙어 움직이지도 못하는 붙박이 책장이다. 책장 안에는 한때 중독이었고, 지금은 책이라고 생각하지도 않는 일본 추리 소설들로 꽉 차 있다. 누군가 이것들을 버리라고 했을 때, 난 단호하게 외면했다.

아파트야 자본의 트렌드에 맞게 채워 넣었다 치자. 그런데 그 위에 옛날 물건들을 버리지 못하고 쌓아 두는 저장의 욕망은 도통 알 수가 없다. 자본의 지층도 아니고, 추억을 회상할 정도로 시간이 있는 것도 아니다. 경제적 가치도 없고, 전시효과가 있는 것도 아니다. 나는 '저장 증후군'으로부터 탈주할 수 있을까.

지층은 '영토화'와 '탈-영토화'의 힘이 동시에 작동한다. 저장하려는 욕망이 작동하면서도 내가 살고 있는 공간이 감이 당처럼 공부-네트워크로 분절되길 원한다. 그러자면 공간을 '탈-지층화'해야 한다. 움직이지 않는 화석과 같은 지층들을 버리고 공간을 비워야만 한다. 비워야만 새로운 층이 만들어질 수 있는 가능성이 열린다. 소리도 나지 않는 기타와 피아노를 버리고, 바스러질 것 같은 시험지를 버리고, 글자를 알아볼 수 없는 연애편지를 버리고, 추리소설을 버리고⋯.

들뢰즈와 가타리는 말한다. "무엇이 지층을 견고하게 만드는가!" "무엇으로부터 달아나려고 하는가!" 30평대 아파트라는 공간은 결코 스위트 홈의 환상, 투기 등, 자본이 만들어 낸 가치로 환원될 수 없다. 이것들은 어디까지나 인간의 도덕과 자본이 만들어 낸 진부한 지층일 뿐이다! 공간은 다양한 힘들이 개입할 수 있는 입구이자 출구다! 앞으로 내가 살고 있는 아파트 안에서 공부와 연결된 다이내믹한 사건들이 개입할 수 있기를 기대한다.

도덕의 '지층'! 32평 아파트

'기관 없는 몸체'와 다이어트

유튜브에는 '먹방'이 넘쳐난다. 먹방 BJ들은 세상에 존재하는 음식이란 음식은 모조리 다 먹어 치우겠다는 기세로 먹는다. 엄청난 양의 음식을 혼자서 먹는 BJ의 위(胃)는 도대체 어떻게 생겨먹은 것일까. 그렇다고 그들의 몸이 뚱뚱한 것도 아니다. 오히려 일반인보다 더 마른 사람도 있다. 나중에 알고 보니 한 끼에 많은 양을 먹기 위해 온종일 굶고 운동을 한다고 한다.

사실 먹방은 이제 그리 놀랄 일이 아니다. 유튜브, 인스타그램, 드라마, 예능, 다큐멘터리 등, 거의 모든 매체를 장식하고 있기 때문이다. 이제는 단순히 빠르고 많이 먹는 것을 넘어 '엽기'적인 방법으로 먹는다. 먹을 것이 부족한 시대가 아님에도 불구하고 식욕에 이토록 집착하는 이유는 대체 무엇일까.

밥, 그 참을 수 없는 욕망!

/

나는 식탐이 많다. 어렸을 적에, 어른들은 나의 밥 먹는 모습을 보며 "그놈 참 복스럽게도 먹는구나!"라며 칭찬(!)을 아끼지 않았다. 어떤 사람은 내가 먹는 모습을 보면 없던 식욕도 생긴다고까지 했다. 음식을 많이 먹고 맛있게 먹는 것은 나의 특기(?)였다.

그렇다고 아무거나 많이 먹진 않는다. 피자, 치킨, 햄버거 등, 인스턴트 음식은 좋아하지 않는다. 내가 주로 많이 먹는 것은 다름 아닌 '밥'이다. 나는 도무지 밥의 양 조절이 되지 않는다. 반찬의 양이나 질 따위는 중요하지 않다. 김치 하나만 있어도 충분하다(반찬은 그저 거들 뿐…).

하루는 퇴근 후 식탁에 앉아 아무 생각 없이 밥을 먹은 적이 있었다. 배가 부른데도 계속해서 그릇에 밥을 옮겨 담았다. 정신없이 밥을 먹고 또 먹다가…, 정신을 차리고 보니 어느새 밥솥은 텅 비어 있었다. 외출하셨던 아버지는 밥솥을 설거지하는 나를 보고 "그 많은 밥을 다 먹었어? 어휴"라며 혀를 내두르셨다. 순간 귀신에 홀린 듯이 밥을 먹는 내 자신이 무섭게 느껴졌다.

욕망이란 언제나 결핍을 전제하고 쾌락을 충족하기 위한 것으로 생각했다. 배고픔이라는 결핍을 채우기 위해 밥을 많이 먹는 것은, 포만감이라는 쾌락을 느끼기 위해서가 아닌가! 결핍을 쾌락으로 채우지 못했을 때, 그것이 바로 '억압'이라고 생각했다. 그런데 들뢰즈와 가타리는 욕망에 대한 나의 해석을 완전히 뒤집는다.

욕망이란 쾌락이나 결핍이 아닌 그 자체로 충족되는 승리의 장이라는 것이다. 그래서 욕망은 결코 결핍을 내포하지도 않고, 쾌락을 목적으로 하지도 않는다. 욕망은 '생산'을 추동하는 힘이다. 몸이 피로하면 쉬고, 배가 고프면 즐겁게 밥을 먹어야 새로운 것을 생산할 수 있다. 하지만 나는 피곤한데도 밥을 잔뜩 먹었고 포만감과 동시에 자괴감만 들었다. 결국 결핍은 더욱 심화되었고 내 신체는 밥에 중독되었다.

복근이라는 유기체를 향하여!

/

정신없이 밥을 먹을 때, 내 눈이 향한 곳은 웃기게도 유튜브에 나오는 다이어트 영상이다. TV 속 아이돌의 잘 빠진 몸매를 보라. 길쭉한 키에, 날씬한 허리! 거기다 배에 뚜렷하게 새겨진 '왕'(王)자 복근이 나의 욕망을 자극했다. 거울 속 내 모습은? 키도 작고 허벅지와 허리는 왜 이리 두꺼운지…. 거기다 볼록하게 튀어나온 배를 보면 깊은 한숨이 나온다.

"올해는 꼭 살을 빼고 말 거야!" 매년 1월 1일이면 다이어트의 다짐으로 새해를 시작했다. 지방 흡입 빼고 안 해본 다이어트가 없다. 헬스는 기본이고, PT, 복싱, 각종 스포츠 등. 동호회까지 가입하며 미친 듯이 운동을 했다. 그뿐이랴. 살이 빠진다는 식이요법도 해봤다. 닭 가슴살은 필수이고 몸의 독소를 빼

/

'기관 없는 몸체'와 다이어트

주는 디톡스까지! 간헐적 단식과 심지어 한방 다이어트까지 시도했었다. 건강을 위해서가 아니라, 오로지 아이돌의 몸매를 갖기 위해서!

들뢰즈와 가타리는 시인이자 배우인 앙토냉 아르토(Antonin Artaud)의 '기관 없는 몸체'라는 개념을 가지고 온다. 기관 없는 몸체를 기호로 하면 'CsO'(Corps san organes)이다. 기관 없는 몸체란 아직 확정되지 않는 기관들, 분화 중인 신체, 뚜렷한 형태로 현실화되지 않은 힘들을 말한다. 그렇다면 기관 없는 몸체의 적은 무엇일까.

기관 없는 몸체의 적은 기관이 아닌, 바로 '유기체'다! 유기체란 기관이 일정하게 조직화되어 있고 통일되게 규정되어 있는 것이다. 아무리 많이 먹어도 배라는 기관은 반드시 군살이 없어야 하고 왕(王)자가 선명한 복근이 유지되어야만 한다. 그렇지 않은 몸은 지금 시대가 원하는 정상적인 몸이 아니다! 볼록하게 나온 배, 군데군데 덕지덕지 살이 붙은 내 몸은 이 시대를 대표하는 몸과 거리가 너무나도 멀어 보였다. 유튜브 속 아이돌의 몸매를 볼 때마다 어떻게든 단단하고 선명한 복근을 가지고 싶었다. 그것도 짧은 시간 안에! 그래서 그토록 좋아하던 밥을 끊기로 했다.

하지만 이번에도 실패였다. 밥을 끊었지만 밥만 먹지 않았을 뿐 그전보다 라면과 고기를 더 많이 먹었다. 결국 두 달 만에 내 몸은 만신창이가 되었고, 다시 밥 중독으로 되돌아갔다. 뿐

다이어트와 기관 없는 몸체

'기관 없는 신체'[=기관 없는 몸체]는 바로 기능으로도 형태로도 질로도 양으로도 환원할 수 없고, 분할 불가능한 강도의 신체, 신체 이전의 신체를 보여 주고 있다. 발생 도상의 알을 기관으로 분할하는 것이 불가능하듯이, 이 신체는 분할되지 않는 것이다. (……) 남성과 여성이라고 하는 성적 분할도, 부모와 자식이라고 하는 세대의 분할도, 이러한 강도의 상태가 질로서 분할되고 형태와 기능으로서 전개될 때 비로소 인지되게 되는 것이다. 욕망하는 것은 이러한 '기관 없는 신체'이고, 욕망이란 '기관 없는 신체'의 진동, 흐름, 긴장, 확대의 과정일 뿐이다. (……) 무엇보다도 우선 무의식이 다른 다양한 기계(신체, 자연, 언어, 기호, 상품, 화폐 등등)에 연결되고, 끊임없이 무엇인가를 생산하고 있다는 것을 말하고자 했던 것이다. 욕망이란 그런 무의식의 현상이고 과정이며, 다양한 '기관 없는 신체' 사이에 다양한 연결을 만들어 내어 가는 작용인 것이다.(우노 구니이치, 『들뢰즈, 유동의 철학』, 이정우·김동선 옮김, 그린비, 2011, 152~153쪽)

만 아니라 동호인들과 운동이 끝난 후 먹는 야식과 술은 점점 내 몸을 망가뜨렸다. 다이어트에 실패할수록 더 많이 먹고 마셨다. 결국 나에게 돌아온 것은 비싸게 끊은 헬스 비용 청구서와 자괴감뿐이었다.

『천 개의 고원』에서 몸이란 유기체처럼 규정되어 있는 것이 아니다. 기관 없는 몸체는 '욕망'이다. 들뢰즈-가타리에게 욕망은 결핍과 쾌락이 아닌 오로지 생산의 관점이다. 예를 들어, 수행하는 사람들이 단식을 하는 것은 배고픔을 이겨내기 위한 것도, 날씬한 몸을 만들기 위한 것도 아니다. 그보다 더 강렬한 욕망이 생산되기 때문이다.

기관 없는 몸체는 시대가 원하는 정상적인 몸체에서 달아나려고 하는 몸체다. 『천 개의 고원』의 지은이들은 나를 보며 불쾌해할 것이다. "입이라는 기관으로 고작 배를 불리는 일에만 집중하고, 배라는 몸의 기관을 복근이라는 유기체로 만들기 위해 혹사시키다니! 뚱뚱하다고 연애를 못 하는 것도 아니잖아! 글을 못 쓰는 것도 아니고, 친구가 없는 것도 아닌데! 미련하기는… 쯧쯧." 내 안에 자리하고 있는 유기체의 욕망, 그것은 식욕의 쾌감은 쾌감대로 누리고 아이돌의 몸매는 기필코 만들어야겠다는 욕망이었다. 나의 삶은 유튜브 먹방 BJ들의 삶과 다르지 않았다.

유기체에서 기관 없는 몸체로!

/

기관 없는 몸체를 만들 수 있을까. 『천 개의 고원』의 지은이들은 도가(道家)의 방중술을 예로 든다. 남성과 여성이 성관계를 할 때 남성은 사정하기 직전에 멈추어야 한다. 욕망이란 단순히 생식의 연장선이 아니기 때문이다. 이런 절제를 요구하는 이유는 무엇일까. 기관 없는 몸체는 끊임없는 수련(修練)과 절제를 통해서만 만들어지기 때문이다.

지금 나에게 가장 필요한 것은 극한의 다이어트가 아니다. 쾌락에 포획되지 않는 절제와 밥 한 숟가락을 덜 먹는 실천이 필요한 것이다. 살이 찌고 빠지는 것은 중요하지 않다. 내 욕망이 결핍과 쾌락의 충동을 제어하고 휩쓸리지 않을 수 있느냐가 중요하다. 신중해야 한다. 결코 정신을 놓아서는 안 된다. 이것은 머릿속에만 있는 관념도 아니며 허황한 환상도 아니다. 오로지 실천이다. 기관 없는 몸체는 신중하게 실천할 때만이 만들어진다.

너희들은 충분히 신중했는가? 지혜 같은 것이 아니라 정량(定量) 같은, 실험에 내재하는 규칙 같은 신중함, 신중함의 주입 말이다. 이 싸움에서는 대부분이 패해 왔다. 보기 위한 눈, 호흡하기 위한 폐, 삼키기 위한 입, 말하기 위한 혀, 생각하기 위한 뇌, 항문, 후두, 머리, 양다리가 벌써 견디기 힘들다고 느끼는 것은 정말 슬프고 위험한 일인가? 왜 물구나무서서 걷고, 뼈에 숭숭 난 구멍으로 노래하고, 피부로 보고, 배로 호흡하지 않는가?「기관 없는 몸체는 어떻게 만들어지는가?」『천 개의 고원』 289쪽.

조카가 태어난 지 벌써 100일이 넘었다. 조카는 하나의 '기관 없는 몸체'를 이루고 있다. 어디까지가 손목이고 발목인지 구별되지 않는다. 목도 없다. 허리도 없다. 조카는 자신의 몸을 유기체로 조직하거나 사용하지 않는다. 조카의 입은 그저 먹기만 하는 기관이 아니다. 앞을 볼 수 있는 눈이기도 하고, 위험을 감지할 수 있는 피부이기도 하다. 거기다 그 입에선 아무런 형식을 갖추지 않은 노래와 언어들이 흘러나온다. 기관 없는 몸체는 기관을 버리는 것이 아니다. 오히려 무수히 많은 기관이 될 수 있는 몸체다.

조카는 요즘 뒤집으려고 무척이나 애를 쓴다. 어쩌다가 뒤집기라도 하면 땅에 닿은 배에 힘을 주고 앞으로 기기 위해 또다시 낑낑거린다. 조카는 욕망 덩어리다(흘러내릴 것 같은 조카의 살을 보고 있으면 몸이라기보단 덩어리 같다). 결핍과 쾌락을 모르며, 목적이나 이상을 꿈꾸지도 않는다. 그저 자신이 욕망하는 것을 욕망할 뿐이다. 배가 고프면 울고, 배가 부르면 먹지 않는다. 때와 장소를 가리지 않고 똥을 싸고, 잠을 자고, 소리를 지른다. 기관 없는 몸체는 중단 없는 욕망이다. 조카는 한 번도 자신의 욕망을 멈추지 않은 채 자신을 구성해 나간다. 그러면서 매우 신중하다. 누군가 자신을 안을 때나, 많은 사람이 있을 때는 신중하게 쳐다보고 안심이 되었을 때 비로소 웃어 준다.

『천 개의 고원』의 지은이들은 왜 기관 없는 몸체를 강렬하다고 할까. 우리가 누군가에게 매혹될 때는 그 사람만이 가지고 있는 강렬한 '부분'에 매혹되는 것이다. 다른 기관이 될 수 없는 유기체는 강렬함이 없다. 오로지 기관 없는 몸체에만 강렬함이 흐른다.

내 앞에는 지금 내가 그토록 좋아하는 '밥'이 차려져 있다. 그리고 한쪽에서는 조카가 곤히 자고 있다. 가족들은 물론이고 나의 시선도 밥과 음식보다 자고 있는 조카에게 향하고 있다. 왜일까. 강렬함이다. 이 자그마한 몸체에는 많은 사람을 끌어당기는 강렬함이 흐르고 있는 것이다. 우리도 충분히 '기관 없는 몸체'(CsO)를 만들 수 있다. 다소 많은 어려움이 수반될 수 있지만 말이다!

'기관 없는 몸체'와 다이어트

'기호 체제'와 보험

「하면 된다」라는 영화가 있다. 사업 실패로 하루아침에 판자촌으로 쫓겨 가는 병환네 가족은 우연한 사고로 '보험'의 혜택을 받게 된다. 그 후, 그의 가족 네 명은 많은 보험에 가입하고, 자신들의 신체를 일부러 훼손하여 수십 억의 보험금을 챙기는 '가족 보험 사기단'이 되고야 만다. 결국 그들은 보험금 때문에 서로의 목숨까지 노리게 되는데…. 범행을 계획한 병환의 아들은 여행 도중 일부러 강에 차를 빠트린다. 그 결과 자신만 살고 가족은 모두 익사하게 된다. 가족들의 생명 보험금을 탈 수 있는 절호의 기회가 찾아오지만, 보험금을 노리는 친척들이 등장하면서 영화는 끝이 난다. 보험금에 눈이 멀어 가족까지 죽이다니…. 코미디영화지만 실상은 너무나 끔찍하다.

보험이란 불의의 사고나 질병에 대비하여 금전적 부담을 덜기 위한 제도이다. 삶에서 예기치 못한 사고에 대비하는 수단이란 말이다. 그런데 영화에서처럼 생명과 안전이 아니라 '보험금' 자체가 목적이 되어 버리니! 이런 반-생명적인 전도가 어떻게 일어날 수 있다는 말인가.

살고 싶으면 '보험'을 들어라!

/

당시 내 나이 스물한 살, 한 달 용돈이 20만 원이었던 시절, 첫 월급 124만 원은 나에게 너무나 큰돈이었다. 이 돈으로 무엇을 하면 좋을까. 고민 끝에 은행으로 갔다. 창구에 앉아 적금을 들고 난 후, 직원은 나를 으슥한 방으로 데려가 내 경제 사정을 꼼꼼히 물어보았다. 그러고는 사회 초년생이 갖추어야 할 기본적인 은행 상품 및 보험 상품을 꺼내 설명하기 시작했다.

기호의 기표작용적 체제(기표작용적 기호)의 공식은 아주 일반적인 것이다. 즉 기호는 다른 기호를 지시하고, 또한 다른 기호만을 지시하며, 이런 식으로 무한히 나아간다. (…) 따라서 제한 없는 의미생성이 기호를 대체하게 된다. 「몇 가지 기호 체제에 대하여」, 『천 개의 고원』, 218쪽.

설명을 다 듣고 난 뒤, 내 앞에 펼쳐진 수많은 보험 상품들 (보험 상품을 많이 가입할수록 은행 직원에게 이득이 된다). 대체 무슨 보험이 이리도 많은지! 직원의 말 몇 마디에 나는 실비보험과 연금보험을 들고야 말았다.

기호계란, 기표-기의의 집합이다. '생명'이란 생로병사에 해당하는 기호들을 대표하는 기표이다. 그런데 지금은 '보험'이라는 기표가 중심이 된다. 태아, 노후, 암, 실비, 종신 등 '보험'

이라는 기표는 또 다른 보험의 기표를 파생시키고 지시하며 무한히 나아간다. 계약서 안에는 알 수 없는 기표들이 가득했다. 그리고 그 끝에는 '보험금'이라는 특정한 기호가 '생명'의 의미를 대신하면서 가장 중요한 기표로 자리 잡는다.

지금 시대에 보험은 필수적인 기호이다. 언제 일어날지 모를 사고와 병에 대한 공포와 불안감으로부터 내 삶을 지켜 줄 수 있다고 믿기 때문이다. 그런데 공포와 불안의 시작은 어디일까. 바로 은행원의 '얼굴'이다. 기표는 그 의미가 쓰여야 하는 흰 벽이 있어야 하는데, 은행원의 얼굴에는 '반드시 들어야 해!' '내 말 안 들으면 나중에 후회하게 될 거야!'라는 의미들이 쓰여 있었다. "기표에 실체를 부여하는 것은 얼굴이다"(「몇 가지 기호 체제에 대하여」, 『천 개의 고원』, 224쪽). 은행원의 표정을 보고 나는 갑자기 닥쳐올 사고와 병, 그리고 죽음에 대한 공포에 휩싸였다. 나는 결국 암보험과 종신보험까지 들고서야 자리에서 일어났다.

보험금만 탈 수 있다면 내 몸 따윈 상관없어!

/

회사 동료 셋과 차를 타고 퇴근을 하던 중, 급정거를 하는 바람에 우리가 타고 있던 차를 뒷차가 박았다(아주 살짝!). 사고를 낸 차주는 보험회사에 연락을 했고, 몇 분 후 보험회사 직원이 도착했다. 사고의 정황과 몇 가지 서류를 작성한 다음에야 나와 동료들은 귀가할 수 있었다.

다음 날, 사고 접수가 확인되자 우리 셋은 한의원에 다니기 시작했다. 솔직히 다치지도 않았고, 병원에 다닐 만큼 아프지도 않았다. 그런데도 군이 시간을 내서 병원에 다닌 이유는 치료를 받고 합의를 하는 시간이 길어지면 길어질수록 보험금을 많이 받을 수 있기 때문이다. 한 동료는 입원까지 하겠다며 신이 났다. 상대 보험회사 직원은 적은 보험금으로 빠른 합의를 보려고 애써 보지만 소용이 없었다. 우리는 어떻게든 보험금을 더 받기 위해 시간을 벌었고, 한약을 먹고 침을 맞았다. 애초에 사고 따위는 잊은 지 오래였고, 우리는 몸을 그저 보험금의 수단으로 이용하고 있었다.

기호의 체제 중 '기표작용 체제'라는 것이 있다. 기표작용 체제란, 기표가 맹목적인 필연성에 의해 작동하는 체제다. 보험은 반드시 들어야 할 현시대의 기표다. 생명과 안전은 안중에도 없고 높은 보험금을 타기 위한 절차와 해석에만 우리는 응답할 뿐이다. 보험이라는 기표 안에서는 보험금이 '얼마냐!'로만 환산될 뿐 사고의 규모는 중요치 않다. 우리에게 지급된 보험금은 약 80만 원이었다. 돈이 들어온 순간 우리에게 일어난 사고는 잊혀졌다. 우리는 보험금으로 파티를 열었고, 술과 고기를 밤새 먹고 마시며 음주와 가무를 즐겼다.

밤새 먹고 마신 다음 날, 내 몸은 피로에 찌들어 망가져 있

었다. 망가진 몸을 추스르느라 주말 내내 시체처럼 누워 있어야
만 했다. 오히려 교통사고보다 더 아프고 힘들었다.

보험이라는 기표작용에는 근본적으로 기만이 작동한다.
피의자인 우리는 보험에 눈이 멀어 몸과 정신을 망가뜨렸고, 피
해자는 우리가 받은 보험금만큼 보상을 해야 하기 때문이다. 보
험회사가 바보인가. 세상에 공짜는 없다. 더러운 방식으로 보험
금을 뜯겼다는 사실을 피해자가 알았을 때 그도 나중에 같은 방
식으로 보험금을 타려고 할 것이다(이렇게 우리를 기만할 수가!).

보험이 삶을 책임져 준다지만 파탄이 난 인간성은 도대체
누가 책임져 준단 말인가. 어디 사고뿐이겠는가. 병에 걸렸어도
상황은 마찬가지다. "보험은 다 너희를 위한 것이야"라고 말하
지만, 보험금의 액수가 중요할 뿐 갑자기 닥친 사고에 대한 해
석도, 병에 대한 고찰도 없다. 어디까지나 높은 보험금만 탈 수
있다면 그것으로 대만족이다.

보험의 기표체제 안에서는 삶과 생명의 윤리 따위는 없고,
어떻게든 더 많은 보험금을 타기 위해 상품을 이용하거나 이용
당하고 있을 뿐이다. 애초에 보험이란 더 많이 다쳐야 하고 더
비참하게 죽어야 많은 혜택을 받게 된다. 내 삶과 안전을 보장
받기 위해 가입을 했는데, 오히려 스스로 자신의 몸이 망가지길
바라는 이 끔찍한 상황은 대체 무엇이란 말인가. 이 비극적인
역설에 속아 넘어가다니! 도대체 내가 내 삶의 주인이 맞나?

아프냐, 나도 아프다

/

명리학상 나는 토(土)가 과다이고, 금(金)이 없다. 토는 위를, 금은 폐를 관장한다. 그래서 환절기가 오면 항상 비염에 시달리고, 조금만 많이 먹어도 위가 탈이 난다. 거기다 내 머리 오른쪽에는 자전거를 타다가 담벼락에 부딪혀 생긴 큰 상처가 있다. 내가 매년 겪는 질환과 과거에 일어난 사고는 이 정도다. 그런데 나보다 더 내 몸을 잘 알고 있는 사람이 있었으니, 바로 '할머니'다.

할머니는 환절기가 오면 배를 끓여 즙을 내서 매일 나를 먹이셨다. 거기다 내가 음식을 많이 먹어 배탈이 나기라도 하면 밤새 내 몸 구석구석을 만지며 바늘로 손을 땄다. 그러면 신기하게도 아픈 것이 나았다. 하루는 동네 형들과 자전거를 타다가 내리막에서 미끄러져 담벼락에 머리를 부딪혔다. 사고는 생각보다 심했고, 머리에서는 피가 멈추지 않고 흐르고 있었다. 사고가 났을 때 할머니는 현장에 있었는데, 할머니에게는 대단히 큰 충격이었다. 그날 이후 나에게 사고가 일어나지 않도록 할머니는 매일 기도했다.

『천 개의 고원』의 지은이들은 기표작용 체제에서 벗어나기 위해 '후(後)-기표작용 체제'를 제시한다. 이 체제는 기만과 비극의 체제가 아닌 '배신'과 '내면화'의 체제이다. 분명 아프거나 사고가 난 것은 나이다. 그런데 할머니는 마치 자기에게 일

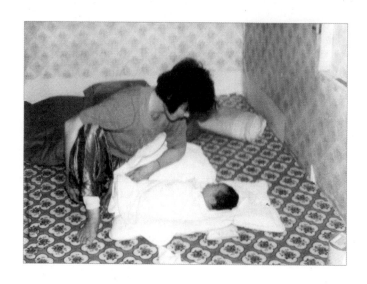

할머니와 나

갓난아기인 나에게서 한시도 눈을 떼지 않고 바라보시는 할머니의 모습이다. 가족들의 말에 따르면, 이 당시 할머니는 큰돈을 벌고자 할아버지 몰래 보증을 섰다고 한다. 그런데 채무자가 돈을 갚지 못하고 자살을 했다. 빚은 고스란히 할머니가 떠안게 되었고, 독일에서 벌어 오신 할아버지의 돈마저 탕진되는 바람에 집은 파산위기에 처했다. 죄책감과 할아버지의 눈치 때문에 할머니는 밥도 제대로 드시지 못했고 건강은 날로 쇠약해져 갔다. 이때 내가 태어났다. 집안에 오랫동안 아기가 없다가 갑자기 생기는 바람에 할아버지 할머니는 빚도 잊은 채 하루 종일 날 보느라 바빴다. 가족들은 내가 태어나서 할머니가 사셨다고 한다. 그렇다. 할머니를 살린 기호는 병원의 위생 기호도 아니고, 돈으로 해결하는 자본의 기호도 아니다. 할머니에게는 나라는 '존재'가 자신을 살리는 생명의 기호였던 것!

'기호 체제'와 보험

어난 사고인 듯 나에게 일어난 사고와 질병에 자신을 내면화했다. 그리고 자신의 몸을 돌보듯, 아니 그보다 더한 정성으로 나를 돌보고 치료했다.

후-기표작용 체제는 기표로부터 얼굴을 돌리고, 기표를 배신하며 자신만의 도주선을 그려나가는 체제다. 여기에는 보험이라는 필연성은 존재하지 않으며, 생명이 보험금으로 환산되는 절차와 해석 따위는 없다. 할머니는 손자인 내가 병이 나고 사고를 당한 것에 자신이 '주체'가 되어 치료에 집중한다. 오로지 내 손자가 빨리 나았으면 하는 마음이 작동할 뿐이다. 스스로 '주체'가 되도록 내면화하는 것을 지은이들은 '주체화'라고 한다.

할머니-의사, 할머니-배즙, 할머니-기도 등, 주체화는 자신만의 경험을 토대로 작동한다. 여기서 할머니는 진짜 의사도 아니며, 배즙은 약도 아니다. 그런데도 의사보다 내 몸을 더 잘 치료했다. 몸을 만지고 손을 따는 것은 현시대의 보편적 치료방법이 아니다. 하물며 기도가 과학적인 치료 체계이겠는가. 명확한 해석 체계가 아니라고? 내 삶을 보장해 주지 않는다고? 그렇다면 지금까지 내가 아프지 않고 아무 사고 없이 건강하게 지내고 있는 것을 단순한 우연이라고 할 수 있을까.

그만둬! 너 때문에 피곤해 죽겠다! 의미를 내보내거나 해석하지 말고 실험을 해! 너의 장소, 너의 영토성, 너의 탈영토화, 너의 체제, 너의 도주선을 찾으란 말이야! 이미 만들어진 너의 유년기와 서구의 기호론에서 찾지 말고 너 자신을 기호화하라고! 「몇 가지 기호 체제에 대하여」, 『천 개의 고원』 266쪽.

지금 내가 들고 있는 보험은 실비, 연금, 종신 보험이다. 보험비만 한 달에 30만 원이다. 다칠 만한 직업도 아니고, 다쳤다 하더라도 그 누구의 책임도 아닌 내 책임이다. 노후에 대한 불안감이나 죽음에 대한 공포도 없다. 노후에는 큰돈이 필요 없으며(저축만으로 가능하다), 죽은 후에 나온 보험금은 내 것이 아니다. 내가 죽어서 나온 돈인데, 내가 갖지 못하다니!(이렇게 나를 기만할 수가!) 결과적으로 보험은 내 생명과 안전에는 별 소용없는 기호이다.

『천 개의 고원』의 지은이들이 만들라고 하는 도주선이란 무엇일까. 내가 밟고 있는 장소, 영토에서 자신의 생명과 안전에 대한 해석체계를 만드는 것이다. 나만의 도주선을 그릴 수 없다면, 내 생명과 안전의 언표는 자본이 만들어 낸 보험이라는 기표에 갇히게 될 뿐이다. 중요한 것은 시대가 지배하는 기호체계에서 탈-기표화하는 것! 명리, 철학, 고전 등 다양한 공부의 기호를 통해 내 신체와 삶을 중심으로 자신만의 해석체계를 만들어가는 것이 지은이들이 말하는 후-기표작용 체제다. 자본이 만들어 놓은 보험의 기표로부터 탈주하라! 자신만의 기호를 창조하라! 이것이 내 삶을 지키는 일이요, 생명에 대한 존중이다.

'기호 체제'와 보험

'얼굴성'과 아이돌

몇 년 전 걸그룹 연습생들을 한데 모아 경쟁시키는 프로그램이 인기를 끈 적이 있었다. TV 화면에서는 100명쯤 되어 보이는 걸그룹 연습생들이 무대 위에서 "Pick Me, Pick Me"를 외치며 노래를 부르고 있었다. 그런데 뭔가 좀 이상하다. 연습생 전부가 카메라 '정면'만을 응시하며, 똑같은 '교복'을 입고 똑같은 '춤'을 추고 있는 것이 아닌가. 그뿐만이 아니다. 100명 모두가 노래를 부르는 것처럼 보이기는 하는데, 하나의 목소리만 들릴 뿐이다. 똑같은 옷에 똑같은 목소리, 똑같은 표정. 도대체 누가 누구인지 구별이 되지 않았다.

　　여자 아이돌뿐만이 아니다. 남자 아이돌도 마찬가지로 걸그룹 못지않게 화장을 하고 대중이 원하는 옷을 입고 춤을 추는 데만 에너지를 쏟을 뿐이다. 아이돌은 가수일까? 댄서일까? 요즘은 가창력보다 나이와 얼굴, 몸매, 특히 춤이 우선시된다. 아무리 노래를 잘해도 나이가 많거나 뚱뚱하고 춤을 추지 못하면 데뷔할 수 없다. 데뷔를 하려면 어떻게든 아이돌이 갖추어야 할 조건에 맞는 몸과 얼굴을 '만들어야' 한다. 그래야지만 대중들로부터 많은 '표'를 받을 수 있다. 노래가사는 어떠할까. 아이돌의 노래가사는 내용의 형식만 다를 뿐 전부 '성(性)적 욕망'만을 담고 있다. 사실 내가 아이돌의 얼굴과 노래를 기억하지 못하는 건 '관심이 없어서'라기보다 전부 비슷한 얼굴을 하고 있기 때문이다.

얼굴은 '만들어진다'

/

아침 출근길, 지하철과 버스를 갈아타며 매일 보는 광경이 있다. 바로 교복을 입은 여학생들의 화장하는 모습이다. 분주해 보이지만 그녀들 나름 정해진 순서가 있는 것 같다. 무릎에 올려진 파우치에서 파우더를 꺼내 얼굴을 하얗게 칠하고, 마스카라로 눈썹을 최대한 높이 올린다. 그 다음은 분홍빛으로 볼터치를 하고, 입술을 붉게 칠하는 것으로 마무리를 한다. 화장을 다 마친 학생들의 얼굴은 마치 '어릿광대' 같다(까만 목과 하얀 얼굴의 경계가 분명하다). 광대 같은 얼굴에 교복이라니…. 솔직히 말해 나에게는 조금 충격이다.

『천 개의 고원』의 지은이들은 '흰 벽'에 '검은 구멍'(눈, 코, 입, 귀)으로 이뤄진 '얼굴성'이라는 아주 흥미로운 개념을 제시한다. 얼굴은 생각하고 느끼는 피부가 아니라 사회적 배치물의 의미들이 기입되는 '흰 벽'이라는 것이다. 얼굴은 그저 타고나

거나 공감을 하도록 표정 짓는 기관이라고만 생각했는데, 의미들을 기입하고 주체화가 일어나는 구멍이라니 참으로 놀랍다.

　어린 나이를 상징하는 교복, 비현실적인 마른 몸매, 본래 얼굴과 전혀 다른 메이크업 등, 아침마다 보는 여학생들은 최대한 아이돌의 얼굴에 가까이 가기 위해 애를 쓴다. 화장을 하면서 나누는 대화마저도 아이돌의 얼굴에 관한 이야기뿐이다. 그렇다면 요즘 '예쁜 얼굴'의 기준이 되는 의미는 어디서 어떻게 획득하는 것일까. 들뢰즈와 가타리는 TV, 드라마, 광고 등 사회가 내보내는 의미들로부터 얼굴을 획득하고, 자신의 얼굴을 내면화함으로써 '만들어지는' 것이라고 한다.

　더욱더 놀라운 것은 퇴근할 때다. 지하철 유리창에 비친 내 얼굴은 일에 찌들어 피곤함이 가득한데, 출근 때 보았던 여학생들의 얼굴은 아침보다 더 생기가 있는 것이 아닌가! 학생들은 어떻게든 오랜 시간 화장을 지속하기 위해 온종일 학교에서 화장한 듯하다. 하지만… 화장만으로는 만족하지 못하는 것 같다. 예뻐지기 위해 다소 끔찍한 방법을 선택하기도 한다.

온몸이 다 얼굴이다!

/

내가 다니는 회사는 실업계 여고와 계약을 맺고, 공석이 생길 때마다 졸업을 앞둔 고등학생을 채용하고 있다. 그래서 채용된

학생들은 졸업을 할 때까지 교복을 입고 출근해야 한다. 학교보다 회사가 더 자유로우니 화장은 더욱 진해진다. 거기다 자극적인 향수까지! 업무를 지시하는 입장에서 사실 조금 부담스러울 정도다.

열아홉 살 여직원의 한 달 월급은 200만 원 정도다. 거기다 보너스와 수당까지 합하면 결코 적은 돈이 아니다. 스무 살이 되고 회사에 어느 정도 적응을 했을 때, 돈은 여직원의 얼굴과 밀접한 관계를 형성한다. 돈이 어느 정도 모였다 싶으면 자신들의 얼굴에 투자하기 시작하는데 그것이 바로 '성형'이다.

지하철역 벽에는 수많은 성형 광고판이 걸려 있다. 이것들은 그냥 걸려 있는 것이 아니다. 여기에서 얼굴을 만들어 내는 '권력'이 흘러나온다. 광고판 안에는 큰 눈과, 정교하게 깎인 턱, 잘 다듬어진 코를 가진 한 여성이 정면을 쳐다보고 있다.(현실에서 존재하는 여성인가?) 여직원들은 이 여성의 얼굴에 자신의 얼굴을 포갠다. 동시에 지역도 하나의 얼굴성을 갖게 되는데, 여직원들은 거의 예외 없이 성형외과가 특성화되어 있는 강남이나 압구정으로 간다.

어느 날, 한 여직원이 아직 붓기가 빠지지 않았는지 붕대를 감고 선글라스를 낀 채 출근을 했다. 며칠 후, 선글라스를 벗고 붕대를 푼 그녀의 모습은⋯ 마치 영화 '배트맨'에 나오는 '조커'를 연상케 했다. 사라지지 않는 보조개 때문에 가만히 있어도 웃음이 지어지는 얼굴을 하고 있었다. 얼굴이라는 추상기계는 사회가 흘려보낸 권력으로부터 이런 식으로 작동한다. 여기서 끝이 아니었다.

하루는 그녀가 다리를 절면서 들어오길래 나는 왜 그러냐고 물었다.

"종아리를 깎았어요."

'뭘 깎았다고?' 나는 내 귀를 의심했다. 그녀의 고민은 예전부터 종아리가 굵고 매끄럽지 않다는 것이었다. 그래서 그 부분에 주사를 투여해 근육을 죽인 다음 메스로 깎아내는 수술을 받았다는 것이다(종아리가 무슨 연필도 아니고…). 뿐만 아니라 그녀는 허벅지의 지방을 흡입해서 이마와 광대에 주입했다. 허벅지도 가늘어지고 이마와 광대의 볼륨까지 살려주니 일석이조의 효과를 보았다나. 이제는 얼굴도 모자라 온몸을 성형한다. "손, 가슴, 배, 자지와 질, 엉덩이, 다리와 발은 얼굴화될 것이다." 「얼굴성」『천 개의 고원』 326쪽

그렇다면 이 얼굴성이 향하는 곳은 어디일까. 바로 '성적 욕망'이다. "나도 사랑받길 원했어." "짧은 치마 스키니 이젠 입을 수 있어." 성형과 혹독한 다이어트를 견뎌 낸 여가수의 노래처럼 그 여직원은 누구보다 예뻐져야 하고, 예쁘게 봐주었으면 하는 욕망에 갇혀 버린다.

그녀는 얼굴과 다리의 붓기가 어느 정도 빠지자 짧은 치마를 입고 회사 이곳저곳을 다니며 "저 예뻐지지 않았어요?"라고 물었다. 나 또한 그녀의 질문을 피해 갈 수 없었다. '예쁘다고 해

성형천국 마음지옥

말하자면, 얼굴은 오장육부의 발로이자 몸이 우주와 만나는 창이다. 그래서 눈코
귀입을 합쳐 '칠규'(일곱 개의 구멍)라고 한다. 성형은 이 창문 혹은 구멍들이 연출
하는 다양성과 이질성을 제거해 버리는 작업이다. 그래서 폭력적 동일성이다. 이
세계에선 오직 위계와 서열만이 작동한다. "거울아, 거울아, 누가 세상에서 제일
예쁘니?"라고 외쳤던 백설공주의 계모가 그러했듯이.

TV프로그램에 나와 전신성형을 하는 사람들은 말한다. 못생겨서 무시당했다고,
그래서 자신감을 얻고 싶었다고. 새빨간 거짓말이다. 자신을 무시한 건 바로 자
신이다. 자신이 이미 자신을 하찮게 여기고 있는데 남들이야 당연한 거 아닌가.
(……) 결국 성형을 통해 얻고자 하는 건 자신감이 아니라 우월감이다. 타인과의
교감이 아니라 인정욕망이다. 전자는 충만감을 생산하지만, 후자는 결핍만을 생
산한다. 그리고 그 공간에선 상처와 번뇌만이 숙성된다. 성형천국, 마음지옥! (고
미숙,『고미숙의 몸과 인문학』, 북드라망, 2013, 20~21쪽)

야 하나' '이상하다고 해야 하나' 고민 끝에 나는 "응! 예쁘네"라고 대답했다. 이상하다고 하면 또 자신의 몸에 무슨 짓을 할지 몰랐기 때문이다. 들뢰즈와 가타리라면 이렇게 말했을 것이다. "어라? 종아리도 성기가 됐네?"

사실 자본이 흘려보내는 얼굴에 욕망을 포개는 것은 여성들만의 문제가 아니다. 남성들도 마찬가지다. 비싼 외제차와 명품 시계, 지갑, 금목걸이 등. 누구보다 돋보이기 위해 비싸고 사치스러운 것들로 자신들을 치장한다. 거기다 자본이 원하는 몸매를 만들기 위해 운동과 헬스에 신체 에너지를 여지없이 쏟아버린다. 이러한 것들이 남성들에게는 성적 욕망인 것이다.

얼굴은 '다양체'다

/

들뢰즈와 가타리는 얼굴의 증식과 포획에 관해 이야기한다. 자본은 계속해서 새로운 얼굴을 생산한다. 성형에 대한 욕구는 더욱 강렬해지지만 자본의 속도를 따라갈 수가 없다. 그렇다고 자본의 얼굴이 다양한 것도 아니다. 자본의 얼굴과 기호는 오직 성적 자극밖에 없기 때문이다.

'위 아래' '내 다리를 봐' 등. 아이돌이 부르는 노래에서 몸은 어디까지나 성적 도구일 뿐이다. 노래를 부를 때 눈빛은 최대한 그윽해야 하고, 어떻게든 섹시하고 귀엽게 몸을 꼬아야 한다. 그래야만 자신들을 보는 대중을 끌어당길 수 있고, 많은 표를 얻어 데뷔할 수 있기 때문이다.

들뢰즈와 가타리는 얼굴은 주권적인 조직화에서 벗어나려 하는 특징이 있다고 한다. 그런데 왜 지금은 벗어나기는커녕 계속해서 거기에 더 갇히려고만 하는 것일까. 얼굴과 성욕을 포개는 배치에서 벗어난다면 좀 더 다양한 얼굴로 노래하고 춤출 수 있지 않을까.

나는 1988년 서울올림픽이 개최되던 해에 태어났다. 평소 시대별 '대학 가요제' 영상을 즐겨보는데, 88년도 강변가요제에서 수상한 이상은의 '담다디'를 보고 충격을 받았다. 촌스러운 청바지에 탬버린. 거기다 돌발적이고 어디로 튈지 모를 저 춤사위는 대체 뭐지? 거기다 사랑하는 사람이 떠나가는 내용의 노래가사인데도 슬픔을 느낄 수 없을 만큼 리듬이 흥겹다. 지금처럼 춤이 귀엽고 섹시하게 표현되지 않을뿐더러, '담다디'라는 가사 하나로 남녀의 사랑과 이별을 표현할 수 있다니. 이 얼마나 '다양체'적인 노래란 말인가.

이뿐만이 아니다. 80년대 가요계는 지금처럼 그룹이 아닌 밴드가 많았다. '시나위', '부활', '건아들', '송골매' 등. 밴드는 악기를 직접 연주하며(악기도 하나의 얼굴성을 갖는다) 노래한다. 노래를 하는 모습도 지금과는 다르다. 아이돌 그룹은 카메라 정면만을 응시하며 '또렷하게' 노래를 하는 반면 이들은 뭔가에 홀린 듯, 약간은 미친 듯 무대 여기저기를 맴돌며 노래를 부른다. 자신들이 겪은 삶의 희노애락이 고스란히 담겨 있기 때문은 아닐까.

내가 가장 놀라운 것은 이들의 얼굴에는 인위적인 장치들이 없다는 것이다. 배철수나 전인권이 노래 부르는 영상을 보라. 긴 장발에 수염, 메이크업 따윈 없다. "이분들은 씻지도 않고 노래하는 거 아니야?" 하는 생각이 들 정도다. 노래, 가사, 얼굴. 어느 것 하나 기표작용적인 얼굴성이 없다. 아니, 오히려 독재적인 기표로부터 달아나려는 광기의 얼굴을 하고 있다.

들뢰즈와 가타리는 마지막으로 얼굴을 해체할 것을 제안한다. 얼굴은 여러 의미들이 기입될 수 있는 흰 벽이며, 여러 구멍들이 뚫려 있고 그 안에서 주체화가 일어난다. 다양한 의미생성과 주체화를 구성하는 얼굴이 '돈', '성형', '성욕', 이 세 가지로만 환원되어서야 되겠는가.

얼굴은 하나의 '다양체'이다. 다양체는 해체될수록 더 많이 포착할 수 있다. 화장을 지워라. 성형을 멈춰라. 신체를 성욕의 대상으로 삼지 말라. 내가 가진 고유한 얼굴로 노래하고, 춤을 추는 것의 시작은 여기서부터다.

'얼굴성'과 아이돌

단편소설 속 '자기 구원'

골목에서 한 아이가 정신없이 놀고 있다. 순간, 한 모퉁이에서 트럭이 돌진해 온다. 아이는 갑자기 커다란 외침을 듣는다. "빨리 피해!" 그 소리에 깜짝 놀란 아이는 자기도 모르게 옆으로 비켜선다. 세월이 한참이 지난 뒤, 그 아이는 승려가 되었다. 쉰이 넘은 어느 날, 참선을 하다 삼매에 들었다. 순간 눈앞에 한 아이가 골목에서 트럭에 치일 뻔한 장면이 나타난다. 노승은 전신으로 아이에게 메시지를 전한다. "빨리 피해!" 결국 그 옛날 자신을 구해 준 목소리는 수십 년 뒤의 '자기'였던 것. 고미숙, 『계몽의 시대』 북드라망, 2014, 15~16쪽

현재의 내가 과거의 나를, 미래의 내가 현재의 나를 구할 수 있다니! 내가 발 딛고 있는 현재라는 시-공간은 과거와 미래가 중첩되는 지점이기 때문에 우리가 생각하는 것만큼 단순한 방식으로 작동하지 않는다. 아이는 자신이 승려가 되어 자기를 구하게 될 것이라는 사실을 알고 있었을까. 그런데 단순히 목숨만을 구했다고 해서 온전히 자기를 구했다고 할 수 있을까. 진정한

자기 구원이란 '삶' 자체를 구하는 것! 거기에는 출가를 감행할
정도의 수련(修練)이 필요하리라!

'구원'의 환상

/

나는 아주 어렸을 때부터 교회에 다녔다. 일요일 아침은 성경책
을 들고 예배당에 앉아 기도하는 것으로 하루를 시작했다. 오전
예배가 끝나면 성경학교에서 유치부 교사를 했고, 오후에는 기
타를 치고 찬양을 하며 거리에서 전도를 했다. 저녁 늦게까지
성가대 연습을 하고, 철야 예배까지 드린 후에야 집으로 귀가했
다.

　들뢰즈와 가타리는 점과 점을 이었을 때 나타나는 '선분'
을 '절단'하고 '채취'하는 방식으로 삶을 바라본다. 여기에는 세
가지 선이 존재하는데, 그 첫번째 선이 '견고한 분할선'이다. 나
는 '나'와 '교회'를 잇는 선을 오로지 친구들과의 친목활동으로
만 절단-채취했다.

　솔직히 말해, 신에 대한 믿음이나 신앙심은 전혀 없었다.
목사님의 설교는 지루했고, 심지어 매주 들고 다니는 성경책(내
가 만난 최초의 '고전'임에도 불구하고!)은 한 번을 읽을 생각조차
하지 않았다. 그런 내가 그토록 열심히 교회를 다닌 이유는 신
앙 활동이 매우 도덕적이고 윤리적인 행동이라 믿었기 때문이

다. 교회를 중심으로 친구들과 하는 활동은 다른 무엇보다 선(善)해 보였고, 여기에 '구원'의 길이 있으리라 생각했다.

나는 교회에서 어떤 구원을 갈구했을까. 교회 안에서 연애를 하고 결혼하는 것! 가족이 다 함께 기도를 하고 예배를 드리는 것! 하나님의 은혜로 평화로운 가정을 꾸려 (경제적으로) 여유롭고 안정된 미래를 보장받는 것 등을 원했다. 이것이 나만의 기도 제목이었으며, 삶의 목표이자 구원의 환상이었다. 신앙심은 없었어도 교회를 꾸준히(!) 열심히(!) 다니며 헌신하면 부자도 되고, 내 꿈도 이룰 수 있고, 죽어서 천국에 갈 수 있을 것 같은 맹목적인 믿음이 나를 지배했다.

견고한 분할선에는 안정된 미래만 있을 뿐 생성이 없다. 왜냐하면 신이 모든 것을 결정하기 때문이다. 그 결정에 따라 친구, 가족, 삶의 목표를 항상 동일한 가치관으로만 절단-채취해야 한다. 그래야 신으로부터 구원받을 수 있다. 신이 모든 것을 결정한 선 안에서 삶은 맹목적이고 수동적일 수밖에 없다. 그러나 나는 이것만이 구원의 길이라 굳게 믿었다.

교회와 '결별'하다

/

스무 살이 되고 친구들이 한창 대학 생활을 즐기고 있을 때 나는 술집에서 아르바이트를 했다. 그 모습이 걱정되셨던 할아버지는 고모에게 전화해서 나를 부탁했다. 예기치 못한 고모의 호출에 나는 서울 남산 밑 후암동에 위치한 '수유+너머'라는 곳으로 향했다.

건물 3층으로 올라가 조심스럽게 문을 열자 긴 복도가 나왔다. 두리번거리며 복도 끝 우측을 돌아보니 넓고 세련된 카페가 나왔다. 나는 그곳에서 조용히 앉아 고모를 기다렸다. 가족 모임 때나 봤던 고모와 어색한 인사를 나누고 나는 이곳에서 주말 아르바이트를 하기로 했다. 주방일과 카페매니저를 하는 것이 나의 주 업무(?)였다.

균열은 "거의 알아채지 못하는 사이에 생기지만 정말 갑작스럽게 깨닫게 된다." (…) 또한 이 선은 모든 사물들을 작동시키지만 다른 단계와 다른 형식을 통해, 다른 본성을 가진 분할과 더불어, 나무의 방식이 아니라 리좀의 방식으로 분할함으로써 그렇게 한다. 「세 개의 단편소설」, 『천 개의 고원』, 379~380쪽

수유+너머는 일종의 공부 공동체였다. 그런데 뭔가 좀 이상했다. 공부하는 곳이라면 가르치는 사람과 배우는 사람이 분명해야 하는 것 아닌가? 그런데 누가 가르치고 배우는 사람인지 그 경계가 불분명했다.

"그것은 유연한 분할선 또는 분자적 분할선인데" 「세 개의 단편소설」, 『천 개의 고원』, 374쪽, 두번째 선인 유연한 분할선은 다른 선과 연

결 접속하여 '상호 보완'적으로 절단-채취된다. 교회는 교리와 목사님을 중심으로 운영되기 때문에 위계가 분명하다. 그러니 교인과 목사의 위치는 결코 바뀔 수 없다. 그런데 수유+너머는 책을 읽고 글을 쓰며 여러 사람이 모여 공부를 하는 곳이었다. 이들에게 공부란 단순히 지식만을 쌓는 것이 아니라, 각자가 배운 것을 새롭게 기획하고 만들어 서로의 위치를 바꿔 가며 나누는 것을 의미했다. 배우고자 할 때, 누구나 스승이 될 수 있고, 누구나 학인이 될 수 있었다. 스승과 학인의 경계를 허무는 공부가 있다니. 수유+너머에서 아르바이트를 하면서 그동안 생각했던 '공부'라는 이미지가 확 깨져 버렸다.

이곳에서 공부하는 사람이면 모두가 주방 활동을 해야 한다. 공부만큼이나, 아니 그보다 더 중요했던 것은 '밥을 누가 할 것인가! 설거지를 누가 할 것인가!'였다. 밥 앞에서는 나이, 학벌의 스펙은 무의미했다. 내가 놀랐던 지점은 바로 여기였다! 밥을 중심으로 공부와 일상이 공유되면서 지지고, 볶고, 웃고, 떠들고. 온갖 다이내믹한 사건 사고가 수시로 일어나는 것이 아닌가!

유연한 분할선은 다양한 사물들과 연결 접속하여 새로운 커뮤니티를 형성한다. 수유+너머에서는 영화도 찍고, 그림도 그리고, 조각도 하는 등, 다양한 커뮤니티가 전개되었다. 나는 이러한 활동들의 보조 역할을 담당했다. 후암동 골목 이곳저곳을 다니며 밤늦게까지 영화촬영 일을 도왔고, 예술적 감각은 없었지만 그림과 조각을 배우며 자기의 힘으로 무엇인가를 만들고 창조하는 경이로움을 느꼈다. 공부라는 것이 책상에 앉아 책을 읽고 글을 쓰는 것만이 아니라 다양한 활동과 생산을 함께 하는 것이라는 점이 신기했다. 거기다 이러한 활동으로부터 생산되는 결과물들은 수유+너머의 공간을 채우며 '증여'의 형태로 순환되었다. 지금까지 교회 안에서 '자기 구원'의 맹목적인 믿음만을 갖고 활동했던 것과는 전혀 다른 새로운 '커뮤니티'를 경험했다.

'유연한 분할선'은 견고한 분할선 위에 어떠한 외부적인 힘이 개입될 때 그려진다. 무엇보다 수유+너머에서 나의 내면을 가장 많이 두드렸던 것은 '책'이었다. 그 중 니체의 『차라투스트라는 이렇게 말했다』를 읽고 그동안 내 안에 자리하고 있던 구원의 환상이 작은 입자들처럼 깨지고 흩어졌다. 니체는 말했다. "신은 죽었다"고. 신이 죽었다면 인간은 어떻게 구원받지? 자신의 존재와 운명을 탐구해야 한다는 것! 이때부터 희미하게나마 내 삶에 많은 질문을 던지기 시작했다. 나는 더 이상 교회에 다닐 수 없었다.

생성이 곧 구원이다
/
『천 개의 고원』의 지은이들은 '유연한 분할선'이 더 좋거나, 유익한 선이라고 말하지 않는다. 왜냐하면 이 선분에서도 진정한 생성이 없기 때문이다. 생성이란 자신만의 고유한 선을 뜻하며, 거기에 진정한 자기 구원이 있다. 수유+너머를 만났고, 교회와 결별하는 사건을 겪으면서 내 인식에 많은 균열이 생긴 것은 사실이지만, 이 균열이 내 삶에서 구체화되지 않는다면 진정한 자기 구원은 불가능하다.

수유+너머에서 시작한 공부를 감이당으로 옮겨와서 계속한 지도 어느덧 7년이 흘렀다. 그동안 여러 강의와 세미나가 있었고, 2년간 '대중지성'이라는 프로그램에서 책을 읽고 몇 편의 에세이를 썼다. 그것을 바탕으로 지금은 철학과 내 삶을 연결해서 글을 쓰고 있는 중이다.

『천 개의 고원』의 지은이들은 세번째 선인 '도주선'을 그리라고 한다. 이 선을 그리기 위해서는 꾸준한 수련(修鍊)과 실천이 필요하다. 감이당과의 접속은 처음 수유+너머를 만나 생긴 균열의 틈 사이로 흘러나온 질문들을 하나하나 글로써 구체화할 수 있는 계기를 만들어 주었다. 들뢰즈와 가타리는 말한다. "새로운 무기를 발명하는 것은 바로 도주선 위에서이다."「세 개의 단편소설」『천 개의 고원』 390쪽 나는 지금 글쓰기를 무기 삼아 도주의 선을 그리고 있다.

글쓰기가 왜 도주선일 수 있을까. 그 첫번째 이유는 과거를 재구성하기 때문이다. 지은이들이 말하는 '단절'은 과거를 정확히 기억해서 없애거나 지우는 것이 아니다. 과거를 어떻게

단편소설 속 '자기 구원'

하면 유쾌하고 즐겁게 재구성할 것인가의 문제다. 철학을 만나면서 유년기의 우울한 사건들이 지금은 재미있는 글쓰기의 소재로 변주되고 있다. 생성은 여기서 일어난다. 나의 언어로 새롭게 재구성된 이야기가 유년기 때 느꼈던 억압과 결핍으로부터 나를 자유롭게 했다. 내가 만약 교회를 계속 다녔다면 어땠을까. 엄마의 부재, 아버지의 무능(이 책의 「아버지와 '다양체'」 참조)은 나에게 상처가 되었을 것이고, 항상 열등감과 죄의식에 시달렸을 것이다. 그럴수록 더욱 신이 나를 구원해 주길 갈구하며 맹목적인 삶을 살았을 것이다.

두번째로 한 편의 글은 하나의 실천을 행하게 한다. 무엇이든 저장하려는 '저장 증후군'인 나, 식욕이 절제되지 않았던 나, 보험이 최고의 안전장치라고 믿었던 나를 들여다보며 글을 썼고, 그것들로부터 탈주할 수 있는 실천의 가능성을 체험했다(이 책의 「'기호 체제'와 보험」 참조). 앞의 인용문에서 보았듯이 현재는 과거와 미래가 중첩되는 지점이다. 스님이 과거 위험에 처한 자신을 보았듯이, 현재의 나를 들여다볼 수 있는 최선의 방법이 글쓰기다. 현재 내가 어떤 위험에 처했는지를 보아야 나를 구할 것이 아닌가! 그러나 글을 쓸 때마다 깊숙한 내면의 자의식을 뽑아내는 과정에서 겪는 괴로움이란 이루 말할 수가 없다. 지은이들이 말하는 도주선의 어려움은 바로 이 때문이다.

할 수만 있다면 우리는 우리의 도주선을 발명해야 하는데,

우리는 우리의 도주선을 삶 속에서 실제로 그려 낼 때에만 그것을 발명할 수 있다. 도주선, 이것이 가장 어려운 것 아닐까. 「세 개의 단편소설」『천 개의 고원』389쪽

들뢰즈와 가타리는 과거와 현재 그리고 미래의 '선'을 단편소설과 콩트로 예고한다. 소설은 "무슨 일이 일어났는가?"로 과거를 가지고 현재를 설명한다면, 콩트는 "무슨 일이 일어날 것인가?"로 미래를 가지고 현재를 설명한다. 우리의 삶 자체가 소설이고 콩트인 현재를 어떻게 구성하고, 구현해 내느냐가 과거와 미래의 나를 구하게 되는 것이다. 결국 자기 구원이란 지금 여기를 어떻게 살아 내느냐에 달려 있다. 꼭 글쓰기가 아니어도 좋다. 내가 가진 '무기'가 현재의 나와 정면으로 마주할 수 있다면 그것이 곧 나를 구하는 '외침'이자, '생성'이고, '도주선'이다.

단편소설 속 '자기 구원'

세월호와 '미시정치'

2014년 4월 16일, 인천에서 제주로 향하던 세월호가 전라남도 진도 해역에서 침몰했다. 탑승자 476명 중 172명만 구조되고, 사망자 299명, 실종자 5명이 발생한 대형 참사다. 그저 재난사고라고 하기에는 너무나 끔찍한 일이 발생하고 말았다. 기울어진 선체 안으로 바닷물이 차오르고 있음에도 "움직이지 말고 가만히 있으라"는 방송 안내뿐, 제대로 된 구조작업은 이루어지지 않았다. 특히 사망자 가운데는 수학여행을 가던 수백 명의 학생들이 있었다. 그렇게 속수무책으로 많은 사람들이 차가운 바닷속에서 죽어갔다.

무엇이 이들을 죽게 했을까. 무리한 화물 적재, 승객을 버리고 탈출한 선장의 무책임, 해경의 뒤늦은 구조작업, 무엇보다 이 사건을 둘러싼 의혹을 은폐하려는 '세력'들이 있었다. 그런데 '정부'는 얼마의 보상금만을 지불하려고 했을 뿐 사고의 진상을 제대로 규명하지 않으려 했다. 시간이 지날수록 사건의 방향은 '정치'로 흘러갔다. 세월호의 본질은 '생명'인데 왜 정치의 문제로 가는 것일까. 정치인 말 몇 마디로 사건이 해결될 수 있

세월호와 '미시정치'

을까. 세월호의 슬픔과 정부에 대한 분노로 국민들은 '광장'으로 나왔고, 전국은 '촛불'로 뒤덮였다.

'빨강'과 '파랑'뿐인 세상

/

누구나 잊지 못할 시대의 아픔이 있을 것이다. 나에겐 '세월호 사건'이 그러하다. 전국이 촛불로 뒤덮였을 때 나는 단 한 번도 광장에 나가지 않았다. 촛불이 내 마음에 아무런 위로가 되지 않았기 때문이다. 거기다 수많은 군중이 광장에 모여 정부를 향해 소리친다고 해서 사고의 진실이 제대로 규명될 것 같지가 않았다. 나 한 사람이 저 많은 '군중' 속에 뛰어든다고 한들 무엇이 달라질 수 있단 말인가.

하지만 촛불은 꺼질 줄 모르고 계속해서 번져 나갔다. 그리고 얼마 지나지 않아 박근혜-최순실게이트가 터졌고, 대통령이 탄핵되는 사건이 벌어졌다. 촛불의 힘으로 새롭게 출범된 정부를 보며 광장에 모인 군중이 세상을 바꿀 수 있다는 것을 느꼈다. 내가 정치에 관심을 갖게 된 것은 이때부터다.

우리는 모든 곳에서, 모든 방향으로 절편화된다. (……) 집은 방의 용도에 따라 절편화된다. 거리는 마을의 질서에 따라 절편화된다. 공장은 노동과 작업의 본성에 따라 절편화된다.

우리는 사회 계급, 남자와 여자, 어른과 아이 등 거대한 이원적 대립에 따라 이항적으로 절편화된다. 「미시정치와 절편성」 『천 개의 고원』 397쪽

들뢰즈와 가타리는 점과 점을 잇는 선을 '절단'하고 '채취'하는 방식으로 삶을 바라본다. 이것을 '절편성'이라 한다. 절편(Seg-Ment)이란 '직선'보다는 굴곡이 있는 '선분'(線分)을 의미한다. 하나의 직선을 구부렸을 때 나타나는 '곡선'은 양끝이 서로 마주보는 형태를 갖기 때문에 절편성은 언제나 '이항적'이다. 정치에 관심을 갖게 된 후 내 눈에 비친 세상은 오로지 '빨강' 아니면 '파랑'으로 절편되고 있었다. 여당과 야당, 진보와 보수, 좌파와 우파. 이것을 넘어 지금은 촛불과 태극기라는 새로운 이항대립을 목격하고 있다.

세월호의 죽음도 마찬가지였다. 생명의 죽음이 정치적 절편 안에서는 어느 진영에 서야 할 것인가로 다가왔다. 진영이라… 어떤 경우라도 '생명'이라는 것은 누구에게나 보편적이고 소중한 것 아닌가? 그렇다면 정치라는 영토 안에서도 마찬가지여야 하지 않을까. 그러나 현실은 두 진영논리에 먹혀 버리고 말았다. 두 갈래로 대치된 진영을 보면서 화가 나고 회의가 들기도 했지만, 한편으로 돌이켜보니 정치의 이항대립은 이전부터 내 삶을 가로지르고 있었다.

산업화 vs 민주화, 두 '거시정치'의 대립

/

내 나이 스물다섯 살, 18대 대선(2012년)이 있던 날 아침 할아버지는 전화로 나에게 박근혜 대표(1번)를 꼭 찍어야 한다고 했다. 전화를 끊자 다음은 삼촌 차례였다. 삼촌은 자신이 아버지보다 한발 늦은 것에 대한 아쉬움을 토로하며, 나에게 문재인 대표(2번)를 찍어야 한다고 했다. 두 사람은 어떻게든 한 명의 '유권자'라도 더 확보하겠다는 의지가 가득했다.

솔직히 말한다. 당시 정치에 관심이 없었던 나는 할아버지와의 의리가 더 중요했다. 그래서 1번을 찍었다(ㅜㅜ). 결과는 박근혜 대표의 승리. 대선 승리의 기쁨과 패배의 절망이 할아버지와 삼촌을 통해 고스란히 드러났고, 한동안 두 사람 사이에 차가운 바람이 불었다. 나는 내가 찍은 사람이 당선된 기쁨보다 대선 결과가 안긴 싸늘한 집안 분위기가 더 걱정되었다. 부자간에도 인정사정없는 이 지독한 정치적 대립은 도대체 어디에서 비롯한 것일까.

대립의 근원은 두 사람이 걸어온 시대 배경에 있었다. 할아버지가 걸어온 '산업화'시대는 '국가'의 이념이 곧 자신의 이념이 되어야 하는 시대였다. 특히 국가도 개인도 경제적으로 매우 어려움을 겪던 시기였기 때문에 그만큼 '돈'이 절실할 수밖에 없었다.

할아버지는 독일에서 3년간 파독 광부로 일하셨는데, 그로 인해 집안이 잘살게 되었다. 국가는 계속해서 대중에게 경제 성장의 가능성을 제시하고, 대중은 먹고살기 위해 아낌없이 노동력을 바친다. 그와 동시에 국가 경제도 성장하는 것이다. 이렇듯 경제영역 안에서는 개인과 국가가 동일한 절편성을 가지고 있었던 시대가 산업화 시대다. 당시 이러한 기회를 열어 준 사람이 바로 '박정희 대통령'이다. 할아버지는 경제 성장을 위해 '독재'는 불가피한 선택이었다고 나에게 늘 말했다.

반면, 삼촌이 걸어온 '민주화'시대는 더 이상 국가이념에 자신을 포개지 않는다. 당시 국가 경제가 성장할수록 빈부의 격차는 점점 심해졌다. 민주화 시대는 이 격차를 야기한 노동력 착취와 부당한 차별에 저항했던 시대다. 이 저항으로부터 탄생한 개념이 바로 '계급'이다. 저항의 주체는 '학생'과 '노동자'였다. 이들은 이념 대립으로 인한 인권탄압과 공권력이 행사하는 폭력에도 저항했다. 그동안 지도자 한 명이 국가의 주체로서 수직적 위계구조를 취했다면, 민주화 시대는 계급을 주체로 수평적 연대를 지향했다. 산업화와 민주화 시대를 걸어온 두 사람의 정치 이념은 분명히 달랐지만, 대중의 욕망을 국가와 계급이라는 집단에 '주체화'한다는 점에서 모두 '거시정치'의 범주에 속한다.

'거시정치'란 다양한 '부분'을 '전체'로 환원시키는 정치다. 국가와 계급의 '거대한-얼굴'은 다양한 절편들의 얼굴을 하나의 얼굴로 포섭하고 포획하려 한다. 자신들과 다른 이념을 제

거하는 것이 아니라 개인 스스로 '공명'하게끔 말이다. 이것이
거시정치의 특징이다.

'미시정치'와 '파시즘'

/

그렇다면 지금의 정치는 내 삶을 어떻게 관통하고 있을까. 더
이상 국가이념을 따를 필요도, 국가에 저항할 필요도 없다. 산
업화 때처럼 배고프지도, 민주화 때만큼 억압받지도 않기 때문
이다. 4차 산업혁명 시대인 지금은 '사적 소유'보다 '공유경제'
가 활발하다. 데이터 통신은 누군가 독점할 수 없기 때문에, 스
마트폰 하나만 있으면 언제 어디서나 정보를 공유할 수 있다.

　　정치 또한 마찬가지다. 정해진 법과 제도 안에서라면 개인
의 다양한 정치 역량을 공유할 수 있다. 그렇기 때문에 현시대
는 국가에 '복종하느냐', 계급의식을 갖고 '저항하느냐'가 아니
라 정치가 어떻게 다양한 '표현성'을 갖는가에 중점을 두는 시
대다.

　　내 유튜브 구독 채널에는 정치와 관련된 것이 많다. 정치
가 디지털과 결합하여 손가락 터치 몇 번으로 언제 어디서나 국
회 활동을 볼 수 있고, 라디오와 팟캐스트를 통해 다양한 견해
를 들을 수 있다. 현시대 정치는 다양한 콘텐츠와 미디어를 통
해 유연하게 흘러 다니고 있다.

『천 개의 고원』의 지은이들은 유연하고 분자적인 흐름의 정치를 '미시정치'라고 한다. 미시정치는 국가나 계급으로 환원되는 거시정치와는 달리 개인의 정치적 욕망을 능동적으로 표현하고 발휘할 수 있는 영역이다. 실시간으로 방송되는 정치 활동을 보며 채팅으로 자신의 의견을 거침없이 쓸 수 있고, 댓글을 달 수 있다. 거기다 우스꽝스럽게 패러디하여 풍자도 할 수 있다.

미시정치의 유동성을 미디어를 통해 볼 수 있다면, 역동성은 '광장'에서 느낄 수 있다. 나는 얼마 전 '노무현 대통령 서거 10주기'를 추모하기 위해 광화문 광장에 나간 적이 있다. 나로서는 처음 광장에 나간 것이었다. 중앙으로 들어서자 양쪽에는 다양한 추모 콘텐츠가 펼쳐져 있었고, 맨 앞에서는 신나는 공연이 펼쳐지고 있었다. 슬픔과 분노를 의미했던 광장이 기쁘고 경쾌한 분위기로 바뀌어 있었다. 여기서 미시정치의 또 다른 특징이 나타나는데, 그것은 세력화되지 않는다는 것이다. 그들은 어느 순간 '강렬하게' 광장을 메우지만 절대 거기에 머물지 않는다. 그들에게는 거시정치가 갖는 주체의식이 없기 때문이다. 그저 다양한 정치 커뮤니티와 접속하고, 참여하고, 즐길 뿐이다. "동일한 점 위에서 일치하는 것도 아니고 중앙에 있는 동일한 검은 구멍에 집중되지도 않는다." 「미시정치와 절편성」, 『천 개의 고원』 401쪽

미시정치 반대진영에는 무엇이 있을까. 거시정치? 아니다. 바로 '파시즘'이다. 들뢰즈와 가타리는 흐르지 않고 굳어 있는

정치, 오직 적대감만을 양산하는 정치, '파시즘'에 대해 이야기한다. 파시즘이란, 다양한 욕망을 하나의 욕망으로 빨아들이는 '블랙홀' 같은 정치다. 내가 광장에서 온전히 즐겁지 않았던 것은 광장 외부를 둘러싼 파시즘적 진영을 보았기 때문이다. 그들은 자신들에게 동의하지 않는 모든 정치는 사라져야 한다는 식으로 욕설을 하고 폭력을 퍼부었다. 폭력이 난무하는 파시즘 안에는 생성의 선이 존재하지 않는다. 오직 죽음의 선만 존재할 뿐이다.

더 놀라운 것은 그런 파시즘적 욕망이 내 안에도 있다는 사실이다. 예컨대, 작년 가을, 검찰개혁을 외치는 서초동 집회에서 정치에 아무 관심도 없는 여자친구에게 나는 나의 이념을 강요하고 '명령'했다. 광장이 주는 생성과 기쁨이 아니라 반대 진영에 대한 분노와 적대감을 주입하는 데 몰두했던 것이다. 그렇게 파시즘적 진영을 비판했건만, 나도 모르게 파시즘적 욕망을 뿜어낼 줄이야.

세월호 이후 어느덧 5년여가 지났다. 여전히 광장은 둘로 쪼개져 있다. 하지만 그와 동시에 정치의 영역은 다양하게 변화되고 있다. 스마트폰 하나로 사회와 대중의 장벽이 허물어진 지금 광장에 가지 않고도 광장을 체험할 수 있고, 9시뉴스를 기다리지 않아도 빠르게 국회 소식을 접할 수 있다. 그런데 한 가지 흥미로운 점은 다양한 정치 미디어를 볼 때마다 삶의 희노애락을 느낀다는 것이다. 웃기기도 하고, 화가 나기도 하고, 때론 어이가 없을 때도 있다. 왜 그럴까. 정치는 '좋고 나쁨'이 아니라 삶을 관통하는 하나의 '기능'이기 때문이다. 고로 삶과 정치는 결코 분리될 수 없다. "요컨대 모든 것이 정치적이다." 「미시정치와 절편성」 『천 개의 고원』 406쪽. 개인이든 집단이든 정치는 우리의 삶 모든 곳을 관통해 간다. 앞으로의 정치가 생명이라는 가치를 향해 나아가길 바란다.

'리토르넬로'와 술

천관웅 : 내가 회사생활 하면서 가장 좋았던 게 뭔 줄 알아?

장그래 : 글쎄요….

천관웅 : 술을 배운 거. 외로운 거 이놈한테 풀고, 힘든 거 이
거 마시며 넘어가고, 싫은 놈한테 굽실거릴 수 있었던 것도
다 이 술 때문이지. 근데 가장 후회하는 것도 술을 배운 거지.
일상이라는 걸 즐겨본 적이 없는 거 같아. 심심한 걸 즐겨본
적도, 한가한 걸 누려본 적도.

장그래 : 천천히 드십시오.

천관웅 : 술. 즐겁게 마셔. 독이 된다고. 수승화강(水升火降)!
차가움은 올리고, 뜨거움은 내려라. 머리는 차갑게! 가슴은
뜨겁게! 술은 열을 올리거든. ― 드라마「미생」중에서

어둠을 밝히는 노래, 술

/

고등학교 3학년 때, 아버지에게 처음 술을 배웠다. 그 후 뜻(?)

이 맞는 친구들끼리 만나 자주 술을 마셨다. 대부분의 친구들이 입시의 고난을 겪을 동안, 나는 술맛의 짜릿함을 누리고 다녔다. 그리고 그 짜릿함은 회사를 다니면서 더욱 달콤해지기 시작했다.

Ⅰ. 어둠 속에 한 아이가 있다. 무섭기는 하지만 낮은 목소리로 노래를 흥얼거리며 마음을 달래보려 한다. (…) 노래는 카오스 속에서 날아올라 다시 카오스 한가운데서 질서를 만들기 시작한다. (…)

Ⅱ. (…) 이것을 얻으려면 먼저 부서지기 쉬운 불확실한 중심을 둘러싸고 원을 그린 다음 경계가 분명하게 한정된(limité) 공간을 만들어야 한다. (…)

Ⅲ. (…) 자신을 〈세계〉에 던져 이 세계와 혼연일체가 되어야한다. 속삭이는 노랫소리에 몸을 맡기고 자기 집 밖으로 나서보는 것이다. 「리토르넬로」, 『천 개의 고원』, 589~591쪽

리토르넬로(ritornello)란 음계(音階)의 '반복구' 또는 '후렴구'라는 뜻이다. 그런데 단순히 하나의 음계가 동일하게 반복되는 것이 아니라 '차이'를 동반하며 '변주'된다. '차이'나는 '반복', 이것이 '리토르넬로'다. 들뢰즈와 가타리는 '리토르넬로'의 세 가지 조건을 이야기한다.

그 첫번째는 어둠 속에 있는 아이의 모습이다. 스물한 살,

학교를 벗어나 처음으로 겪는 직장생활의 압박감은 어둠 속에 서 있는 아이처럼 무섭고 두려웠다. 매일매일 계속되는 야근과 주야(晝夜) 교대 근무로 인해 몸은 점점 지쳐갔고, 특히 군(軍) 대체 복무(방위산업체)였기 때문에 말과 행동 하나하나를 조심 해야만 했다. 자칫 잘못했다간 바로 군대에 입대할 수도 있었기 때문이다. 마음에도 없는 아부도 할 줄 알아야 했고, 상사의 히 스테리도 견뎌야만 했다.

리토르넬로의 두번째, 아이는 노래를 흥얼거리며 어둠이 주는 공포를 몰아낸다. 나에게 술은 회사생활의 압박감과 불안 을 날려 버리는 아이의 노래와 같았다. '아~ 술이 달콤한 것은 삶이 쓰기 때문이라고 했던가.' 퇴근 후, 몸도 마음도 지쳐 있을 때 마시는 술맛은 너무나 달콤했다. 술이란 참 묘하다. 쌓였던 감정을 녹여 주고, 피로에 지친 몸에 활력을 불어넣어 주니 말 이다. 거기다 달콤한 잠까지! 기분이 좋을 때는 더 좋게! 기분이 나쁠 때는 아낌없이 나를 위로해 주었다. 걷다 서기를 반복하며 자신만의 영토를 만들어 가는 아이의 모습처럼 매일 술을 마시 는 습관은 내 삶에 견고한 영토로 자리 잡았다.

마지막으로 아이는 어둠과 혼연일체의 국면으로 접어든 다. 몸과 마음이 회사에 적응해 갈수록 회사 안에서 술로 인해 다양한 커뮤니티(음주가무)와 해프닝을 경험했다. 이제는 회사 때문에 술을 마시는 건지, 술을 마시기 위해서 회사에 다니는 건지 알 수 없을 정도로 동료들과 술자리를 즐겼다. 어둠과 혼

'리토르넬로'와 술

프랑수아 퓌제(François Puget), 「음악가들의 모임」

"정의 : 영토화와 탈영토화와 관련되며, 시간을 주조하는 것으로서, 특히나 음악적인 회귀 또는 되돌아옴의 형태."(아르노 빌라니 편집, 『들뢰즈 개념어 사전』, 신지영 옮김, 갈무리, 2013, 115쪽)

"우리는 단지 욕망은 매번 조금씩 구축해야만 하는 일관성의 판과, 또 그 판 위에 있는 연속체들, 결합들, 방출들과 같은 배치들을 따로 떼어 생각할 수 없는 것이라고만 말했습니다. 결핍은 없으나, 분명 위험이나 위기가 없지는 않다고 말입니다. 욕망, 펠릭스는 그것을 하나의 리토르넬로라고 합니다. 이는 이미 상당히 복잡한 말입니다."(질 들뢰즈·클레르 파르네, 『디알로그』, 허희정·전승화 옮김, 동문선, 2005, 178쪽)

합된 아이에게 노래가 용기를 부여하듯이, 술을 마실 때마다 노래도 부르고, 춤도 추고, 얄미운 상사에게 말 한마디 할 수 있는 용기도 낼 수 있었다. 나에게 술은 캄캄한 직장생활을 밝히는 노래였고, 힘들고 반복되는 일상에 차이를 주는 '리토르넬로'였다.

또 다시 '카오스' 속으로

/

"리토르넬로는 반드시 대지의 일부분을 동반한다."「리토르넬로」,『천 개의 고원』 592쪽 대지란, 바로 '욕망'이다. 욕망은 리토르넬로의 매개물로 작동한다. 술을 이루고 있는 성분은 분명 그대로이다. 그런데 내 욕망이 변함에 따라 어떨 때는 쓰고 어떨 때는 달게 느껴졌다. 특히, 나는 아버지와 술을 마시며 대화를 할 때, 내 욕망이 확 솟구쳐 오른다. 회사 동료나 친구들보다 아버지와의 감정 공유가 더욱 잘되기 때문이다.

　"카오스로부터 〈환경〉과 〈리듬〉이 태어난다."「리토르넬로」,『천 개의 고원』 593쪽 '환경'이 주기적으로 반복되는 '박자'의 형태라면, '리듬'은 차이를 동반하는 '반복'의 형태다. 그동안 명절날 지내는 제사는 주기적인 박자의 형태였다. 그러나 할아버지가 돌아가신 후, 제사의 형식이 마치 축제의 형식처럼 바뀌었다. 아버지와 마당에서 고기도 굽고, 함께 음식도 만들어 가며 정치, 연애, 친구관계 등, 평소 모자랐던 대화를 이어나갔다. 그럴수록 부자간의 감정이 더욱 '진하게' 공유되었다. 그런데 이 욕망이 또 다른 카오스를 연출하게 될 줄이야!

여느 때처럼 돌아온 지난 추석 명절, 나는 시골에 도착하자마자 온 동네를 돌아다니며 벽돌을 주워 마당에 쌓았다. 거기에 장작을 피우고, 돌판을 올려 고기를 굽기 시작했다. 아버지와 한 잔 주거니 받거니 하며 그동안에 쌓인 피로를 풀었다. '리듬'은 환경과 다른 환경의 상호이동으로 탄생한다. 명절의 딱딱한 환경은 낭만적인 캠핑의 리듬으로 재탄생되었다. 내 욕망은 흥분과 즐거움으로 요동치고 있었다. 그러나… 거기서 멈추어야만 했다.

절제력을 잃어버린 나는 제사에 쓸 술까지 모두 마셔 버렸다. 거기다 시골에 올 때 가지고 온 엄청난 양의 고기를 모두 먹어 치웠다. 술에 취해 정신이 나간 상태였음에도, 나는 계속해서 술을 들이부었다. 그러고는 결국 동생의 손에 이끌려 방으로 옮겨졌다.

다음 날 아침, 뭔가 이상한 분위기를 감지한 나는 몽롱한 정신을 부여잡고 잠에서 깨어났다. 입에서는 전날 마신 술 냄새가 뿜어져 나왔고, 마당과 거실에는 술병이 정리되지 않은 채 널려 있었다.

임계적(臨界的) 거리란 영토와 영토 '사이'의 '경계선'을 말한다. 나는 그 경계선의 거리를 잘 쟀어야만 했다. 나와 술 사이의 거리, 명절과 제사에 대한 경건함의 거리를 재지 못한 채 치닫는 식욕의 욕망을 절제하지 못하고 경계선을 넘어 버렸다. 정신을 차렸을 때, 내 눈에 비친 것은 전날 먹고 마신 어지럽고 더러운 흔적뿐이었다.

간신히 제사를 치른 후, 전날 요동쳤던 욕망의 결과는 가족 회의에서 드러났다. 앞으로 명절에 제사를 지내지 않기로 결정한 것이다. 나는 장손으로서 아무런 개입도 하지 못한 채 결정된 결과를 받아들여야만 했다. 들뢰즈와 가타리에게 '거리'는 모든 관계들의 표현이다. 집안에서 장손으로서, 누군가의 형으로서, 아들로서, 조카로서, 나를 이루고 있는 모든 표현들의 거리가 어긋나 버렸다. 나는 멀리서 다가오는 카오스를 피하지 못하고 또 다른 카오스 속에 휩싸이고 말았다. 이제는 더 이상 술로 카오스를 밝힐 수도 없었다.

반성의 '리토르넬로'

/

들뢰즈-가타리에게 욕망(대지)이란 멈추지 않는 실천의 집합체다. 이대로 카오스 속에 갇혀 있을 수만은 없었다. 어떻게든 카오스를 밝힐 노래를 찾고 싶었고, 새로운 리듬을 만들고 싶었다. 비록 이 참담한 사건을 되돌릴 순 없겠지만, 이 일을 발판으로 내 삶에 새로운 리듬을 만든다면 이 사건이 긍정적으로 재구성되지 않을까. "그럼에도 불구하고 대지는 결코 고독하지 않다. 흩어졌다가 다시 집결하고, 요구하고 나섰다가 분한 눈물을 삼키며, 공격에 나섰다가 다시 반격당하는 유목민들로 가득 차 있다."「리토르넬로」,『천 개의 고원』 646~647쪽

　나는 내가 남긴 흔적들을 지우기 위해 창고에 쌓인 술병이며, 페트병, 음식물 쓰레기를 모조리 다 버리고 정리했다. 그동안 얼마나 많은 술과 고기를 먹었던가. 뿐만 아니라 귀한 제사 음식들은 냉장고에 쌓아 두고 매번 라면으로만 식사를 했다. 수북이 쌓인 음식 쓰레기를 버리면서 나의 추악한 식욕이 생태계에 많은 해를 끼치고 있구나라는 것을 생각하니 내 자신이 참으로 한심했다.

　쓰레기들을 정리하고 나니 마음이 조금이나마 후련하긴 했다. 하지만 그것만으로는 부족했다. 왜냐하면 흔적을 지우는 것만으로는 카오스를 날려 버릴 수 없었기 때문이다. 나를 휘감은 어둠을 몰아내기 위해선 내게 또 다른 노래가 필요했다. 사실 이 사건을 통해 가장 부끄러웠던 것은 그동안 철학을 한답시고 책을 읽고 뱉은 말과 글이 거짓말이 되었다는 것이다. 하지만 나는 '쓰기' 외에는 다른 노래가 없다고 생각했다. 쓰기야말로 중독과 쾌락에서 벗어날 수 있는 구도(求道)라 배웠기 때문이다. 나는 집에 도착하자마자 '반성문'을 써 내려갔다. 반성문을 통해 그동안 내가 뱉은 말과 글을 다시 한 번 되새기고 같은 실수를 반복하지 않으려 다짐했다. 글을 쓰고 나니 술과 육식의

탐닉이 만들어 낸 카오스 안에서 조금이나마 희미한 빛이 보이는 것 같았다.

"중력을 이겨 낸 원심력의 지배하에 들어가면 진정 대지로부터 춤춰 오르는 것이다."「리토르넬로」, 『천 개의 고원』 640쪽 들뢰즈와 가타리는 욕망으로부터 춤춰 오르기 위해서는 급격한 힘을 사용해야 한다고 한다. 지난 추석 때 느꼈던 긴장감은 모든 것을 끌어당기는 중력과 같은 무게감이었다. 그 무게감을 이겨 내기 위해 쓰레기를 버리고 반성문을 쓰면서 온몸으로 카오스를 밀어냈다. 그때의 몸부림이 내 삶 속에서 원심력이 되어 앞으로는 술의 욕망으로부터 자유로워지기를 간절히 원한다.

리토르넬로는 '차이'와 '반복'을 통한 시-공간의 재구성(변형)이다. 지은이들에게 삶은 프리즘이기 때문에 어떤 각도에서 바라보느냐에 따라 다채로운 시-공간이 형성된다. 리토르넬로의 궁극적인 목적은 사건을 통해 재구성된 '시-공간'을 어떻게 '긍정'할 수 있느냐이다.

지금도 술을 좋아하고 자주 마신다. 다만, 술을 마시기 전에 꼭 반성문을 한 번 읽고 마신다. 수승화강(水升火降)! 머리는 차갑게! 가슴은 뜨겁게! 반성문을 읽으면 머리는 차가워지고, 가슴은 뜨거워진다. 그때 그 사건은 '차이'나는 '반복', 반성(反省)의 '리토르넬로'였다.

'전쟁기계'와 여행

그렇다. 신체의 해부보다 중요한 건 정신의 해부다. 중국인은 지금 정신의 고질병을 앓고 있는 것이다. 이런 중국인에게 시급한 것은 이 비참과 비겁에 대한 자각이다. 혁명은 다수를 만족시키는 공리(公利)가 아니라 한 사람 한 사람의 통절한 자각에서 비롯된다는 것. 그 자각을 촉구할 수 있는 무기는 '글'밖에 없다는 것. 채운, 「구경꾼으로 머물 것인가, 혁명적으로 살 것인가」, 『루쉰, 길 없는 대지』, 북드라망, 2017, 69쪽.

20세기 중국을 대표하는 작가 루쉰은 일본 센다이에서 의학 공부를 하던 중 '환등기 사건'을 겪는다. 환등기 화면 안에서는 중국인 한 명이 러시아의 정탐 노릇을 하다가 일본군에게 참수를 당하는 장면이 나오는데, 그 중국인을 빙 둘러서 구경하는 군중은 다름 아닌 '중국인'들이었다. 이때 루쉰은 의학으로 '병'을 고치는 것보다, '글'로 '정신'을 바꾸는 일이 당시 중국인들에게 가장 시급한 일이라고 생각하게 된다. 의학 공부를 접고 베이징으로 귀국 후 그는 『광인일기』를 시작으로 죽는 날까지 글쓰기를 멈추지 않았다. 루쉰에게 '글'은 구경꾼이 아닌 혁명적인 삶을 살 수 있도록 해준 무기였다.

'자본'의 장치, 소비와 쇼핑

/

어느덧 3월이다. 장기간 계속되는 코로나19 사태로 인해 국내뿐만 아니라 전 세계가 혼란스러운 상황임에도 회사에서는 연중 휴가 조사를 실시하고 있다. 7월 말부터 9월 초까지가 집중 휴가 기간이다(이때 휴가를 가야지만 회사 눈치를 보지 않을 수 있다). 회사 동료들은 원하는 휴가 날짜를 정하고 비행기 티켓을 예약하며 여행 준비에 분주하다. 나로서는 참으로 난감한 상황이다. 왜냐하면 나는 여행을 그다지 좋아하지 않기 때문이다. 태생이 게으른 데다 여행하며 느끼는 짜릿함이 어떤 것인지 잘 모르겠다.

이런 내가 '루쉰'이라는 인물을 탐구하기 위해 베이징과 사오싱 그리고 상하이로 두 번의 중국 여행을 했다. 그동안 루쉰의 몇몇 작품을 읽었고, 그에 대한 강의도 여러 번 들었다. 그러다 우연히 그가 머물렀던 곳을 직접 가볼 기회가 온 것이다.

여행이 끝난 후 내가 느낀 것은 무엇이었을까. '루쉰!' 하면 떠오르는 수식어를 빌려 말하자면 나는 나 자신에게 '적막'을 느꼈다. 내 손과 캐리어 안에는 쇼핑백과 명품들로 꽉 차 있었기 때문이다. '자본'은 욕망을 포획하고 속박하는 여러 장치들을 곳곳에 설치해 놓았다. 『천 개의 고원』에서 욕망이란 '흐름'이다. 자본은 욕망의 온갖 흐름들을 상품과 광고 등으로 고정시키고 여행의 방향과 탐구를 규제하고 내 걸음의 속도를 제한했다. 루쉰의 삶을 탐구하고자 떠난 여행의 길에서 내 욕망은 소비와 쇼핑에 장악되어 버렸다.

자본은 직접적으로 보여 주고 마법을 부려 욕망을 끌어당긴다. 공항에 도착해 수속을 마치고 입국장에 들어가니 휘황찬란한 면세점들이 눈앞에 펼쳐졌다. 나는 평소 쇼핑을 좋아하지 않는다. 그런데 시중보다 싸게 판매하고 있는 시계와 가방, 지갑 등, '삐까뻔쩍'한 명품들이 강렬하게 내 욕망을 사로잡았다. 나는 마치 '마법'에 홀린 듯 면세점으로 빨려 들어가 버렸다. 그러고는 비행기 시간도 잊은 채 구경에 구경을 거듭했고, 결국 신용카드를 꺼내 형편에 맞지도 않는 명품들을 구매했다.

돌아와서 가방을 풀어 놓고 보니 마음이 허탈했다. 나는 마치 루쉰이 환등기로 본 구경꾼들 같았다. 그동안 회사 동료들이 해외여행을 다니며 사 온 명품들을 자랑하는 모습을 보며 '왜 저러나?' 싶었는데, 나 또한 다르지 않았던 것이다. 사실 면세점이 무슨 죄랴. 소비와 쇼핑에 포획된 것은 다름 아닌 나의 욕망이었다. 누가 강요한 것도 아닌데, 나는 마치 이것들이 없으면 삶이 불행해지기라도 할 듯 쇼핑을 했다. "왜 사람들은 분명히 원치 않은 불행한 전쟁의 결과로 생겨난 것도 아닌데 복종을 원

사오싱에 있는 삼미서옥의 루쉰 자리

"루쉰이 사오싱에서 살았던 시기는 태어나서 열여덟 살 때까지, 즉 유년기와 사춘기까지다. 거리 곳곳에는 생가와 조가(祖家), 백초원과 삼미서옥, 전당포와 약국 등등, 그와 연관된 장소는 말할 것도 없고, 그가 어린 시절에 겪었던 사건들까지 세밀하게 재현해 놓았다. 예를 들면, 삼미서옥에 다닐 때 지각을 한 적이 있다. 사부님께 야단을 맞자 꼬마 루쉰은 책상에 앉아 뭔가 낙서를 한다. '조'(早)―다신 늦지 않겠다는 다짐이다. 이 낙서가 있는 책상을 별도로 보존해 두었을 뿐 아니라 '조' 자를 크게 확대 복사해서 전시해 두었다. 루쉰이 이 장면을 보면 어떤 느낌일까. 얼굴이 화끈거리지 않을까. 게다가 어린 시절의 유적뿐 아니라 루쉰의 전 생애를 기념하는 루쉰박물관을 별도로 마련해 두었다. (……)

기분이 참 묘했다. 사후에 이렇게 영광을 보는 작가가 또 있을까. 더구나 자신은 결코 선구자가 아니고 단지 '중간물'에 불과하다고 했고, 자신의 작품이 속히 잊혀지기를 열망했는데 말이다. 그래서 참 궁금하다. 중국 인민들은 정말로 루쉰을 사랑하는 걸까. 루쉰이 무엇을 고뇌하고 모색했는지를 짐작이나 하고 있을까. 프롤로그에서 밝혔듯이 루쉰의 글은 은산철벽이다. 암흑과 무지(無地), 어둠과 적막의 메아리다. 더구나 아Q건 쿵이지(孔乙己)건 천스청(陳士成)이건 그의 작품에 나오는 캐릭터는 하나같이 비호감, 아니 요즘 유행하는 말로 '극혐'이다. 이런 면모를 안다면 대부분은 뒷걸음질을 치리라."(고미숙, 「1장 사오싱 시절: 몰락과 도주」, 고미숙 외,『루쉰, 길 없는 대지』, 북드라망, 2017, 39~40쪽)

하거나 욕망하는 것일까?"「유목론 또는 전쟁기계」, 『천 개의 고원』, 687쪽 지갑을 열어 보니 면세점에서 사인(계약)한 영수증이 수북했다. 한 달 후에 갚아야 할 카드빚에 막막했고, 더 이상 여행이 하기 싫어졌다.

네네츠(Nenets)족과 제자리에서 '유목하기'

/

자본에 포획되지 않고 여행할 수 있는 방법이 있을까. '유목민'의 삶에 그 해답이 있다. '유목'이란 출발점도 목적지도 없이 오직 '중계점(이동)'만을 갖고 유동하며, 흘러 다니는 것을 말한다. 시베리아 추운 지방에서 생활하는 네네츠족은 일 년에 50번을 이동한다. 이들에게 이동은 '숙명'이다. 이유는 아주 단순하고 소박하다. 생계에 필요한 순록을 먹이기 위해서다. 겨울이 오면 순록을 먹일 이끼가 사라지기 때문에 계속해서 남쪽으로 내려간다. 그리고 봄이 오면 다시 북쪽으로 올라간다. 이렇게 하는 데, 순록을 기르고 이동하는 것 외에 다른 이유를 갖지 않는다.

내 여행의 목적은 루쉰의 발자취를 따라 걸어보고 중국의 넓은 대륙을 몸소 느껴 보고 오는 것이었다. 이 단순하고 소박한 원칙을 망각한 채 내 발걸음은 맛집과 관광지로 향했다. 뿐만 아니라 루쉰박물관에 가서도 내 머릿속은 온통 선물뿐이었다. '회사 동료들에게 어떤 선물을 사가지?' '가족과 친구들에게는?' 내 발도 자연스럽게 백화점으로 향했다. 정신을 차리고 보니 나는 루쉰과 전혀 상관없는 곳에 멈춰 있었다. 유목과 여행의 핵심은 일단 '걷기'다. 발이 멈추는 순간 유목도 여행도 끝이다.

네네츠족이 순록 한 마리를 잡았을 때, 고기는 식량으로, 지방은 겨울을 나기 위한 연료로 사용한다. 뿔로는 썰매를 끌기 위한 장비를 만들고, 가죽은 옷과 지붕을 만드는 데 쓰인다. 네네츠족은 결코 순록을 낭비하거나 버리는 법이 없다.

하지만 내가 여행하며 사 온 물건은 대부분 쓸데없었다. 정말 필요했다면 저가의 제품들을 구매하면 된다. 루쉰에 대해 아무런 탐구도 하지 못했고 불필요한 소비만 잔뜩 했으니 돈은 돈대로, 시간은 시간대로 낭비해 버렸다. 더욱 문제가 되는 것은 이 물건들이 다음 여행에 아무런 도움이 되지 않는다는 사실이다. 유목민에게 영토 하나 하나가 중계점인 이유는 이동수단이 있기 때문이다. 네네츠족은 썰매가 없으면 이동할 수가 없다. 그래서 썰매에 대한 자긍심이 대단하다. 부모는 자식이 성인이 되기 전부터 썰매 만드는 방법을 가르친다. 유목의 핵심은 '비축'과 '낭비'가 없고, 언제든 떠날 준비가 되어 있어야 하는 것이다.

이렇듯 유목과 여행은 멈추지 않고 계속해서 떠나는 것에 의미가 있다. 그러나 현재 내 삶의 배치에선 불가능한 일이다. 그러나 걱정하지 마시라. 들뢰즈와 가타리는 어디론가 이동하지 않고도 '제자리에서 유목'하는 방법을 알려준다.

> 배치는 정념적이며, 욕망의 편성이다. 욕망은 자연적이고 자
> 발적으로 결정되는 것이 아니라 배치하고 배치되는 것이자
> 기계적인 것이다. (…) 정념이란 배치에 따라 달라지는 욕망
> 의 현실이다. 「유목론 또는 전쟁 기계」, 『천 개의 고원』, 767쪽

제자리에서 유목하기란 '배치'를 전환하는 것이다. 배치란
내가 욕망하는 현실이다. 배치가 전환되면 욕망도 바뀌고 현실
도 바뀐다. 유목민에게 중요한 것은 '속도'와 '방향'이다. 결코 아
무 곳으로 아무렇게나 이동하지 않는다. 여행의 배치를 바꾸는
것도 마찬가지다. 욕망의 속도와 방향을 바꿔야만 소비와 쇼핑
에 포획되지 않는다. 이것을 위한 가장 좋은 이동수단이자 무기
가 나에게는 '글쓰기'다.

48인의 대중지성과 '전쟁기계'
/

루쉰도 한 사람 한 사람의 통절한 자각을 촉구할 수 있는 '무기'
는 '글'뿐이라고 말했다. 도구가 아니라 왜 무기라고 했을까. 도
구는 현실에 저항밖에 못 하지만 무기는 현실에 반격할 수 있기
때문이다. 만약 네네츠족이 순록을 생계 도구로만 생각했다면

한 영토에 정주하여 추운 겨울을 견디는 데에 그쳤을 것이다. 네네츠족이 천 년 이상 유목생활을 할 수 있었던 이유는 순록을 무기 삼아 계속해서 어디론가 이동했기 때문이다. 루쉰에게 글이 있다면, 네네츠족에게는 순록이 있다. 이처럼 내가 머무는 현실을 자각하고 그곳을 뚫고 가기 위해 만든 무기를 들뢰즈와 가타리는 '전쟁기계'라고 한다.

나는 지난 열 달 동안 『천 개의 고원』과 내 삶을 연결하여 글을 썼다. 만약 글을 쓰지 않았다면 과거의 사건들은 지금까지도 나에게 억압과 결핍으로 남아 있었을 것이다. 무기가 현실에 반격을 가한다는 것은 과거를 유쾌하고 재미있게 재구성함으로써 현재 내 욕망을 새롭게 바꾸는 것이다. 여기서 중요한 것은 유목민이 멈추지 않고 이동하듯이, 글쓰기를 멈추지 않는 '실천'이다. 멈추는 순간 내 욕망은 또 다시 도처에서 작동하는 자본의 배치에 포획될 테고 또 다른 억압과 결핍에 머물게 될 테니 말이다.

어느 날 고미숙 선생님으로부터 한 편의 글을 써오라는 지시(!)를 받았다. 『천 개의 고원』과 만나 읽고 쓰고자 했을 때 '초심'이 무엇이었는지를 써오라는 것이었다. '감이당 대중지성'은 자기만의 고전을 가지고 삶의 질문과 마주하며 읽고 쓰는 집단지성이다. 대중지성에서 공부하고 계신 선생님들은 삶의 여러 질문들을 품고 우연히 공부와 인연을 맺게 되었고 각자의 텍스트를 가지고 읽고 쓰고 있다. 나도 마찬가지지만 누구도 글을 쓸 거라 예상했거나 다짐을 해본 적도 없었을 것이다. 삶 속의 질문들을 고전을 통해 풀어내는 긴 여행의 첫 씨앗이 되는 글쓰기 실험에 나도 운 좋게(!) 동참하게 되었다.

　여기 '48인'의 대중지성이 있다. 이들도 글쓰기를 무기 삼아 자신들을 둘러싼 배치를 여행하고 있다. 48인 각자는 삶의 속도도, 방향도 다르다. 그러나 '대중'이라는 '무리'의 역량과 '지성(진솔함)'이라는 소박함을 가지고 있다는 점에서 유목민의 삶과 닮아 있다.

　48인을 포획하는 자본의 배치는 불안과 탐욕, 질주와 고립이다. 이들은 어느 날 자신들을 포획하는 자본의 배치로부터 떠나고자 했다. 어느 날 불쑥(?) 삶에 대한 질문이 솟아났고, 그러다 고전을 만나게 되어 '읽고', '쓰기' 시작했다. 48인의 대중지성은 부처, 장자, 니체, 연암, 루쉰, 왕양명 등, 고전 속 인물들과 일상을 함께한다. 이들과 함께 자신들의 삶을 어떤 '속도'로 살아갈지, 어느 '방향'으로 떠날지를 고민하며 글쓰기로 실험 중이다. 이 실험의 결과로 탄생한 전쟁기계가 바로 『나는 왜 이 고전을—고미숙과 48인의 대중지성』북드라망, 2019이라는 책이다. 이 텍스트는 네네츠족의 썰매처럼 또 다른 배치로 떠날 수 있는 이동수단이 될 것이다. 그리고 루쉰에게도 그러했듯이, 구경꾼이 아닌 혁명적 삶을 살아갈 수 있는 무기로 사용될 것이다. 나도 이 경이로운 실험에 참여할 수 있어서 매우 기쁘다. 이 기쁨이 『천 개의 고원』에서 말하는 진정한 여행의 짜릿함이다!

성숙한 자 '-되기'

아이들은, 세계의 아이들은

무럭무럭 자라고 성장해야 한다

청소년이 키가 쑥쑥 나오면

기쁜 마음으로 축하해줘야 한다

하지만 서른 넘은 성인이

해마다 키가 멈추지 않고 자란다면

축하가 아니라 병원부터 데려가야 한다

그가 계속 더 성장해야 한다고 날뛰면

정신병원으로 데려가 봐야 한다 (……)

멈출 때를 모르면 성장이 죽음이다

그리하여 성숙이 참된 성장이다

박노해, 『그러니 그대 사라지지 말아라』, 느린걸음, 2010, 449~450쪽

'이것임'과 마주하라!

/

나는 몰드 베이스(Mold Base)라는 제품을 생산하는 금형 회사

에서 근무한다. 몰드 베이스? 겨울철 별미인 붕어빵을 생각해 보자. 붕어 모양의 틀에 찹쌀 반죽과 팥을 넣은 다음 노릇노릇 해질 때까지 불에 구워 내면 맛있는 붕어빵이 완성된다. 이러한 원리로 휴대폰이나 자동차의 부품, 화장품 케이스 등 똑같은 모양의 플라스틱 제품을 수만 개씩 찍어 낼 수 있는 틀이 바로 몰드 베이스다. 어떠한 것을 넣어도 같은 모양 외에 다른 것이 나올 수 없는 '불변'의 법칙을 가진 제품이라 할 수 있다.

나는 이 몰드 베이스를 판매하는 영업부에서 일하고 있다. 제품을 구매하는 고객과의 신뢰가 중요하고, 철저한 채권과 채무관리를 해야 한다. 제품 하나라도 더 팔기 위해 원치 않는 접대자리도 가야 하고, 부실채권 고객에게는 사채업자 못지않게 돈을 받으러 달려들어야 한다. 뿐만 아니라 회사 내부에서는 자신의 입지를 다지는 데 온 힘을 쏟아야 한다. 온갖 눈치싸움과 정치질에 능해야지만 높은 곳까지 승진할 수 있기 때문이다. 회사의 '이익'과 자신의 '성장 욕구'만을 위해 질주하는 영업부 사람들의 모습은 마치 같은 모양으로 찍혀 나오는 수만 개의 플라스틱 제품과도 같다. 만약 이 모습으로 30년을 산다면 '신체' 와 '정신'은 어떻게 될까.

'어느 날' 이사님이 뇌졸중으로 쓰러지셨다. 퇴근 후 동료들과 급히 병원으로 갔다. 휠체어에 몸을 의지한 채 응급실에서 나오시는 이사님의 모습은 이미 한 부서를 이끌고 갈 만한 상태가 아니었다. 순간 '나도 몇십 년 후에는 저렇게 되지 않을까'하는 생각에 두려웠다. 한동안 이사님의 공석을 두고 영업부가 시끄러웠고, 며칠 뒤 회사는 이사님의 퇴직을 결정했다(회사 고위직은 전부 '비정규직'이기 때문에 언제 사라져도 이상하지 않다).

들뢰즈와 가타리는 '이것임'이라는 아주 '모호한' 개념으로 '-되기'의 문을 연다. '이것임'이란 '사물'이나 '주체'가 갖는 고정되고 불변하는 개체성(성질)과는 달리 '사건'을 동반한 개체성이다. 어느 계절, 겨울, 여름, 시각, 날짜, 어느 …. 기억에도 흐릿하고, 손으로 잡히지도 않지만 '존재'는 순간순간마다 뚜렷한 사건과 마주하고 있다. 언제부턴가 이사님의 몸은 병들어 가고 있었다. 그런데 왜 진작 몸의 이상을 알아차리지 못했을까. 나 역시 마찬가지다. 병원에서 이사님의 모습을 보고 분명 두려움을 느꼈다. 그럼에도 왜 성장 욕구를 멈추지 않았던 것일까. '이것임'이 사건이 되려면 내 '신체'와 '정신'이 그때를 알아차려야 한다. '이것임'이 모호하게 느껴지는 이유는 '나'라는 존재가 늘 마주하고 있는 '이것임'이 사건화되지 못한 채 흘러갔기 때문이다.

변화는 '역행'이다

/

내 몸의 '이것임'을 알아차린 것은 작년(2019년) 12월이었다. 출근을 하기 위해 몸을 일으키려는 찰나, 내 몸은 뜻대로 움직여 주질 않았다. 눈앞이 어지러웠고, 누군가가 뒤에서 목을 조르는 것같이 답답했다. 특히 명치 한가운데 뭔가가 딱딱하게 굳어 있어 제대로 숨을 쉴 수가 없었다. 나는 급히 회사에 연차를 내고 병원으로 갔다. 몇 가지 검사를 받았고, 의사는 "야식이랑 폭식하시죠? 술 많이 드시죠? 앞으로 계속 이런 식으로 먹으면 고지혈증, 고혈압, 당뇨가 금방 올 거예요"라는 소견을 내놓았다. 당장 특별한 병에 걸린 것은 아니었지만 내 몸은 나도 모르는 사이에 조금씩 병들어가고 있었다.

> 되기는 역행적이며, 이 역행은 창조적이다. 퇴행한다는 것은 덜 분화된 것으로 향해 가는 것이다. 그러나 역행한다는 것은 자신의 고유한 선을 따라, 주어진 여러 항들 "사이에서", 할당 가능한 관계를 맺으면서 전개되는 하나의 블록을 형성하는 일을 가리킨다. 「강렬하게-되기, 동물-되기, 지각 불가능하게-되기」, 『천 개의 고원』, 453~454쪽

'이것임'으로 '-되기'의 문을 열었다면, 그 다음은 '역행'으로 변화의 문턱을 넘을 차례다. 역행이란 기존과는 전혀 다른 '신체'를 구성하는 것이다. 내 몸이 병들어 가는 것을 알았을 때 나는 두 가지 중 하나를 선택해야 했다. 그냥 이대로 살 것인지, 아니면 몸을 고치기 위해 삶의 '속도'와 '방향'을 바꿀 것인지. 나는 후자를 선택했다. 내가 넘어야 할 가장 시급한 변화의 문

턱은 바로 '식욕'이었다.

나는 이전에 『천 개의 고원』으로 '기관 없는 몸체'와 '다이어트'에 관해 쓴 적이 있다(이 책의 「'기관 없는 몸체'와 다이어트」 참조). 그때는 단순히 폭식과 복근에 대한 환상이 주제였다. 예전 같았으면 며칠 바짝 굶고, 잠시 운동에 미쳤다가 또 다시 식욕에 사로잡히는 패턴을 밟았을 것이다. 만약 이 패턴을 또 다시 반복한다면 그것은 변화의 역행이 아닌 퇴행을 향해 가는 것이다. 역행이 변화의 시작인 반면 퇴행은 '부동'(不動)과도 같다. 부동은 움직이지 않는 것이 아니다. 삶의 운동과 정지가 다른 방식으로 드러나지 않는 것이다. 내 몸에 나타난 '이것임'은 예전과는 완전히 다른 삶의 속도와 방향을 요구했다.

일단 내 식욕을 자극하는 음식들을 살폈다. 그리고 그것들을 대체할 만한 음식들을 찾았다. 돼지고기는 계란으로, 짜고 달콤한 음식들은 오이와 양상추 등 채소로 대체해서 먹었다. 처음 며칠은 너무 힘들었다. 잠도 오지 않았고, 몸이 바짝바짝 타는 것같이 예민해져 갔다. 특히, 나는 탄수화물 중독이었는데 밥 대신 고구마로 끼니를 해결할 때마다 포기하고 다시 예전처럼 먹고 싶은 욕망이 솟구쳤다. 그럼에도 지난 4개월간 나는 내 입으로 들어가는 모든 음식들을 체크하며 꾸준히 식습관을 바꿔 나갔다.

『천 개의 고원』의 지은이들은 존재와 관계 맺는 '항'들과의 거리를 잘 재야 한다고 말한다. 식욕과 가까워지지도 않아야 하지만 멀어지지도 말아야 한다. 왜냐하면 욕망은 기존의 패턴을 기억하고 있기 때문이다. 자극적인 음식과 멀어졌지만, 대체된 음식을 정신없이 먹어 치우는 내 모습을 보았다. 결국 무엇으로 대체하든 음식과 할당 가능한 만큼의 관계를 맺지 않으면 식욕을 제어했다 할 수 없다.

> 되기(=생성)는 결코 관계 상호간의 대응이 아니다. 그렇다고 해서 유사성도, 모방도, 더욱이 동일화도 아니다. (…) 그리고 특히 되기는 상상 속에서 일어나는 것이 아니다. (…) 되기는 완전히 실재적이다.「강렬하게-되기, 동물-되기, 지각 불가능하게-되기」『천 개의 고원』 452쪽

식습관을 바꾸는 것과 동시에 가벼운 운동을 병행했다. 시간이 지날수록 점점 내 신체가 변해 가는 모습이 눈에 보였다. 명치에 뭉친 딱딱한 덩어리도 없어졌고, 머리도 어지럽지 않았다. 웬일인지 환절기 때마다 앓았던 비염도 걸리지 않았다. 가장 신기했던 것은 점점 줄어가는 몸무게였다. 식습관 하나 바꿨을 뿐인데 3개월 후 몸무게가 무려 10kg이나 줄어든 것이다.

들뢰즈와 가타리는 '-되기'는 상상 속에서 일어나는 것이 아닌 현실에서 일어나는 실재라고 말한다. 마법으로 내 몸이 변한 것도 아니고, 약으로 병을 치료한 것도 아니다. '-되기'는 '완전한' 건강을 추구하는 것이 아니라 건강해지는 '과정'을 관

찰하고 느끼는 것이다. 식욕조절을 꾸준히 하면서 하루하루 몸이 가벼워지는 것이 느껴졌다. "문제가 되는 것은 조직화가 아니라 조성인 것이다. 발전이나 분화의 문제가 아니라 운동과 정지, 빠름과 느림의 문제." _{「강렬하게-되기, 동물-되기, 지각 불가능하게-되기」 『천}

개의 고원』, 484쪽

존재는 유동한다

/

내 몸이 변해 가는 기쁨을 느끼는 것과 동시에 마음 한편에는 '관계'의 결핍감이 차오르고 있었다. 식습관을 바꾸다 보니 먹을 수 있는 음식의 제한이 많았다. 그러다 보니 회사 회식자리와 친구들과의 모임을 어쩔 수 없이 거절해야만 했다. 사실 그동안 친구들과의 술자리는 내 삶의 즐거움 중 하나였다. 그리고 회식만큼 회사 상사들에게 내 모습을 어필할 수 있는 자리도 없었다. 지난 몇 달 동안 정기적 만남들을 하나둘씩 거절하면서 그들도 조금씩 나에게서 멀어져 갔다(지금은 아예 연락조차 없다). 그때 알았다. 아! 내 식욕은 단순히 먹는 것만이 아니라 주변 관계들과 연결되어 있다는 것을. 그리고 내가 그동안 먹고 마시는 것으로만 관계를 맺어 왔다는 것을. 배고픔 못지않게 외로움과 공허함이 들어차기 시작했다. 내 마음에 쌓이는 결핍감은 내 신체가 겪은 '이것임'만큼이나 심각했다.

생성이란 누군가가 가진 형식을 나만의 형식으로 재창조하는 것이다. 들뢰즈와 가타리는 간혹 '훔치다'라는 표현을 쓰는데, 내가 하고 있는 공부는 고전에 등장하는 주체들, 그들이 갖고 있는 기능과 기관들을 훔쳐 나만의 언어로 리-라이팅하는 것이다. 작년에는 감이당에서 혼자 책을 읽고 글을 쓰느라 조금 외로웠는데, 불행 중 다행으로(!) 올해는 많은 선생님들과 함께 고전을 읽고 리-라이팅하는 대열에 합류할 수 있게 되었다.

학기가 시작되자마자 리-라이팅만큼이나 나를 압박해 온 것은 『주역』(周易)이었다. 한 주에 두 괘씩 암기를 하고 시험을 보는 것은 주역을 처음 배우는 나에게는 어마어마한 양이었다. 거기다 조원들의 따뜻한 격려와 개입(ᄊ)이 내 일상에 침투하면서 관계로 인해서 생긴 결핍을 느낄 틈도 없이 바빠졌다. 『천 개의 고원』에서 '-되기'는 삶의 형태다. 삶이란 살아감과 죽어감이 동시에 작동하는 '시-공간'이다. 그래서 '-되기'는 언제나 '이중적'인 과정의 형태로 나타난다. 몸이 변하고 건강해지는 것과 마음에 쌓이는 결핍감 모두를 '긍정'할 수 있어야만 진정한 '-되기'라 할 수 있다. 힘들긴 하지만 암기와 글쓰기를 수행할 때마다 보람을 느낀다. 결국 기존과 다른 신체를 재구성하기 위해서는 삶 전체의 방향과 속도를 바꿔야만 했던 것이다. 만약 올해 '감이당 장자스쿨'에서 공부를 하지 않았다면 나는 아마 외로움과 공허함을 달래기 위해 또 다시 식욕에 포획되고 말았을 것이다.

청년, 천 개의 고원을 만나다

『주역』과 『천 개의 고원』이 갖고 있는 공통점은 모든 존재는 '변하고 바뀐다'는 것이다. 천지만물은 끊임없이 변한다. 마찬가지로 존재도 끊임없이 유동하고 변한다. 나아감과 멈춤의 때를 아는 것이 변화의 시작이자 '성장'이다. 그리고 이 성장을 멈추지 않는 것이 진정한 '성숙한 자-되기'다.